TANT QU'IL Y AURA DES ÉTOILES

Christian DEFAYE

TANT QU'IL Y AURA DES ÉTOILES

Editions Slatkine
GENÈVE
1999

© 1999. Editions Slatkine, Genève.
Reproduction et traduction, même partielles, interdites.
Tous droits réservés pour tous les pays.
ISBN 2-05-101757-3

PRÉFACE

Avant de nous quitter, Christian Defaye souhaitait réunir quelques portraits, témoins de ses rencontres au fil de ces 20 années de *Spécial Cinéma*.

Seulement voilà, près de 600 émissions avec une moyenne très raisonnable de deux invités par émission, cela donne un chiffre impressionnant de 1200 invités !

Faire un choix, c'est fatalement faire de la peine à ceux et celles que l'on semble avoir oubliés, et puis la vie ne lui a pas laissé cette opportunité.

Aujourd'hui, seule la mémoire nous restitue les moments forts, les impressions, les émotions, les images de toutes celles et ceux qui font le cinéma.

Après avoir tiré sa révérence restent aussi ses écrits, publications, ses carnets de bord dans les coulisses de sa passion pour le 7e Art. Une manière plus concrète, pour un journaliste, de prolonger le contact avec le public, interrompu en 1997 après avoir enregistré pour les fêtes de Noël deux ultimes évocations chargées de souvenirs: TANT QU'IL Y AURA DES ETOILES.

TANT QU'IL Y AURA DES ETOILES n'est pas un botin mondain du tout cinéma pas plus qu'un annuaire sur les invités de *Spécial Cinéma*. C'est un recueil de portraits, d'instantanés volés au temps qui passe, un prolongement concret de ses souvenirs évoqués au cours de ses deux dernières émissions.

De Delon à Adjani, de Liza Minnelli à Jeanne Moreau, de Gérard Depardieu à Sophie Marceau, de Charlotte Rampling à Isabelle Huppert, de Marcello Mastroianni à Yves Montand... Peut-être ces lignes feront-elles resurgir dans votre mémoire, l'écho ou la magie d'une de ces rencontres mémorables sur le plateau de *Spécial Cinéma*.

Pour mettre des mots sur le silence, pour vous remercier d'une si longue fidélité, je vous rends ce qui vous appartient.

Claudette Defaye

BIOGRAPHIE

Pendant 20 ans, chaque lundi, Christian Defaye a produit et présenté sur les antennes de la Télévision Suisse Romande *Spécial Cinéma*. Cette émission très connue et estimée dans les milieux professionnels du 7e art, obtiendra rapidement une renommée internationale, tant sur le plan du public que du milieu professionnel du cinéma.

Panachant l'actualité cinématographique, les grands tournages, les gros plans d'actrices, d'acteurs, de metteurs en scène, offrant à ses téléspectateurs les sensibilités des cinémas du monde, l'émission était présentée tous les lundis de 20 h. à 23 h.

D'origine lyonnaise, Christian Defaye a été nommé membre du Jury du Festival de Cannes et décoré de l'Ordre des Arts et Lettres.

Il commentait pour France 2 et TSR la Nuit des Césars.

DEUX OU TROIS CHOSES...

Définir le cinéma c'est tenter de définir la magie.

Une magie accessible à tous qui nous fait rire, pleurer, sourire, une magie qui nous emporte ou nous interpelle quand elle traite des grands problèmes de notre temps.

Mon métier consistait à recevoir des actrices, des acteurs et des metteurs en scène pour parler avec eux de cinéma, plus précisément de leur dernier film.

Je l'ai fait par amour du 7e art et par curiosité. Sans aucun doute par intérêt pour les gens que j'aime et que j'estime... J'en ai rarement rencontré dans ce milieu, qui n'avaient rien à dire.

Tous mes efforts ont tendu à faire connaître cet univers aux téléspectateurs. Dans ce but j'ai lutté pour que ne s'instaure pas une morose accoutumance entre le public et *Spécial Cinéma*.

Tour à tour se sont succédé à l'antenne :
1. Des gros plans amicaux mais sans complaisance, d'actrices, d'acteurs, de metteurs en scène.
2. Des approches des cinémas du monde (soviétique, américain, italien, hongrois, allemand, indien, chinois)
3. Des reportages sur les métiers du cinéma (scénariste, chef de la photo, bruiteur, compositeur de musique de film etc.)
4. Un club de la presse cinématographique qui donnait à l'antenne son avis sur les films.

De temps en temps, le public participait, directement en contact par le biais du téléphone avec l'invité, ce qui permettait aux téléspectateurs de faire eux-mêmes, par petites touches individuelles, le gros plan d'un metteur en scène, d'un acteur ou d'une actrice ; souvenez-vous de Francesco Rosi pour LE CHRIST S'EST ARRETE A EBOLI.

Pour inciter ce même public à s'évader du ghetto du petit écran afin d'aller découvrir ou redécouvrir le grand écran, *Spécial Cinéma* a patronné des avant-premières dans différentes villes romandes et décentralisé parfois son émission en s'installant dans une salle de cinéma. Une façon efficace de prouver que c'est mieux, tellement mieux, de voir un film sur grand écran.

Sur grand écran, il y a leur image qui se confond souvent avec leur rôle.

Face à la caméra de télévision, il y a leur comportement qui les surprend parfois dans une attitude, une hésitation ou une émotion.

Il y a enfin eux, tels qu'ils sont et tels que je pouvais les percevoir à l'heure, où loin de la représentation visuelle ou parlée, ils se retrouvaient confrontés à eux-mêmes.

Voici deux ou trois choses que je sais d'eux. Côté pile et côté face.

Christian Defaye

RENCONTRES

LES ACTRICES

ISABELLE ADJANI

Parlons franc. De toutes les actrices que j'ai reçues sur le plateau de *Spécial Cinéma*, Isabelle Adjani est ma préférée, à la ville comme à l'écran.

A l'écran parce qu'elle domine de son talent toute la meute qui s'essouffle derrière elle en espérant atteindre l'Olympe des stars. A la ville parce que cette jeune femme est l'illustration exemplaire d'une génération libérée, responsable, exigeante, lucide, qui gère avec intelligence et pondération l'héritage des féministes qui ont défriché jadis le terrain miné par les machos.

Je connais Adjani depuis plus de 15 ans. Nos rencontres face aux caméras se sont soldées par trois gros plans soit 2 heures d'entretien et un reportage sur le tournage de TOUT FEU TOUT FLAMME.

Ma première interview avec elle date de cette époque, c'est-à-dire de 1975, elle avait 20 ans. J'ai un souvenir précis de sa spontanéité lumineuse, de son impertinence joyeuse, de son insolence rieuse, bref de l'éblouissante jeunesse qui se dégageait d'elle. On percevait déjà pourtant une volonté de choisir sa carrière et une ambition excluant toute compromission avec la médiocrité. Les films qui suivirent devaient d'ailleurs le prouver : BARROCO – LES SŒURS BRONTE – POSSESSION – QUARTET.

C'est avec ces deux derniers films en compétition au Festival de Cannes que je la retrouve, non comme journaliste cette fois, mais comme membre du Jury. Avec le cinéaste Jacques Deray Président et le talentueux scénariste Jean-Claude Carrière, nous nous battons avec acharnement pour que lui soit attribué le grand prix d'interprétation, prix qu'elle mérite sans contestation possible. Contestation pourtant il y aura.

Si son talent n'est pas mis en cause, les deux films dans lesquels elle joue (POSSESSION – QUARTET) sont loin de faire l'unanimité. C'est après une rude discussion que nous arrivons à inverser la tendance pour la faire couronner : Reine de ce Festival.

Bien que déjà lauréate du prix « Suzanne Bianchetti » et sacrée meilleure actrice par la critique new-yorkaise, le prix d'interprétation du Festival de Cannes sera l'une de ses grandes joies professionnelles.

A l'issue du dîner de clôture, alors que je prends congé d'elle, elle murmure émue : « Merci vous avez été avec Deray et Carrière des Pères Noël pour moi. Je ne l'oublierai pas ».

Ce n'était pas une formule de politesse, elle le prouvera un an plus tard.

En 1982, elle tourne à Gstaad TOUT FEU TOUT FLAMME en compagnie d'Yves Montand. Très attentive à l'image que projette d'elle les médias, je mesure l'ampleur du cadeau qu'elle me fait en acceptant non seulement d'être filmée lors du tournage, mais aussi à 6 heures du matin quand elle se rend au maquillage.

Dans le cadre douillet et luxueux du Gstaad Palace, délesté de sa jet-set (nous sommes hors saison sur fond d'été dans l'Oberland somptueux), je la regarde vivre et travailler. Nous nous apprivoisons. Je découvre, derrière le masque de la professionnelle stricte et austère, une jeune femme rieuse, généreuse, conjuguant la simplicité, pétillante d'intelligence et surtout très attentive aux autres...

Alors qu'aujourd'hui son image s'est figée sur les pages glacées des magazines, j'ai – pourquoi ne pas l'avouer – une grande nostalgie de cette époque où l'on riait de tout et de rien avec comme signe de ralliement, le cri d'un héros de bande dessinée « Vas-y Rintintin », qu'elle clamait avec une jeunesse irradiante. De ce jour d'ailleurs, je l'ai surnommée Rintintin, seule familiarité affectueuse que je me suis permis avec une actrice en 18 ans de *Spécial Cinéma*. Quelques mois après, alors qu'elle tourne en Amérique du Sud ANTONIETTA sous la direction de Carlos Saura, je reçois une carte postale ainsi rédigée : « j'ai la nostalgie de l'été dernier. Isabelle. » Au bas de la carte elle a ajouté « Adjani bien sûr ».

Et nous nous retrouvons à Cannes au Festival en mai 83, où elle est venue présenter L'ETE MEURTRIER, film qui représente la France.

Je la regarde monter les marches du Palais, stupéfait de la métamorphose. La jeune fille a laissé place à une femme éblouissante. Jamais elle n'a été aussi belle aussi rayonnante, mais également lointaine, inaccessible, étrangère au commun des mortels.

Au dîner qui suit la projection, intimidé je l'accueille d'un « Vas-y Rintintin » discret. Elle sourit, quittant pour un instant, l'enveloppe de son personnage en représentation officielle. Rassuré de la retrouver telle que je l'aime, je lui demande un gros plan (40 minutes d'interview pour le lendemain) qu'elle accepte. La première chaîne française doit diffuser ce que j'enregistrerai.

Elle fait un raccord maquillage pour dissimuler un petit bouton, je lui lance perfide : « Tu prends du temps. Il nous faudra une journée quand je t'interviewerai dans 20 ans. » Amusée, elle répond du tac au tac . « T'en fais pas coco, j'aurai arrêté avant ».

Les caméras tournent. Je ne fais pas une interview complaisante.

Je l'attaque sur son image de star, sur ses rapports tumultueux avec les photographes, sur son caractère qui est moins bien fait que sa figure. Elle répond avec brio, contrant, attaquant, esquivant. C'est un grand moment.
Tout à coup, la manche de sa robe glisse, découvrant une épaule de rêve.
J'ouvre tout grand les yeux. Elle éclate de rire, balayant de cette formidable et tonique jeunesse qui l'habite, la tension qui s'est installée. Elle parle, se laissant aller à la confidence sur son métier et les choses de la vie.

Dix jours plus tard, rentré à Genève après la diffusion de ce gros plan exceptionnel sur l'antenne de la TV Romande, je reçois d'elle un télégramme ainsi libellé : « Au nom de notre amitié, je te demande de ne pas donner à la première chaîne française l'interview que nous avons faite à Cannes. »

Ce que j'ai fait. Je me suis demandé pourquoi. Peut-être s'était-elle vraiment laissé aller et ne voulait-elle pas franchir le seuil de la fameuse image défensive, béton armé qu'elle a créée par la suite. Quel dommage, car elle nous a fait un magnifique cadeau.

1985, je la retrouve à Monte-Carlo pour la première de SUBWAY lors du dîner suivant la projection.

Elle est à la table de Caroline de Monaco.

Rintintin est morte, laissant place à la star à l'expression glaciale.

Je m'approche pour la saluer. Elle se retourne et m'adresse l'un de ses irrésistibles sourires qui me fait oublier, et je la prie de m'excuser, de saluer la Princesse Caroline qui a dû penser ce soir-là, que le smoking manquait d'éducation.

Depuis, pas de nouvelles.

Sa photo, stratifiée, sophistiquée est un double d'elle que je n'aime pas, cela m'irrite et me plonge dans des fureurs noires.

Elle interviendra deux fois à la TV pour prouver qu'elle est vivante et toujours aussi belle, pour faire taire la rumeur sordide, lancinante d'une maladie incurable. Je peux comprendre son indignation et sa colère face à tant de jalousie, de médiocrité et de sottise.

Son talent incontestable, son refus de n'être qu'un objet cinématographique dans les mains de metteurs en scène plus ou moins doués, sa volonté de diriger son choix de vivre hors du troupeau et de ses rites, son engagement pour des causes exemplaires, comme le combat contre le racisme, ne lui ont pas valu que des amis. Et ceci explique peut-être cela. Dieu merci, elle est vivante en bonne santé et obstinée dans ses projets.

Je l'ai retrouvée avec plaisir dans CAMILLE CLAUDEL. C'est bien. C'est très bien. Cela ne fait pas l'ombre d'un doute, elle retournera, elle fera d'autres films.

SOPHIE MARCEAU

Ça fait BOUM tout de suite... après un premier film dans lequel toute une génération s'est reconnue. Sophie Marceau n'a pas eu le temps d'analyser les conséquences. Tout arrivait trop vite et trop fort. Elle a donc refait boum une deuxième fois pour prouver que sa carrière naissante n'était pas parrainée par le hasard. Justement, ce filou de hasard faisait bien les choses. En deux films, Sophie devint l'idole des futures belles-mères et un filon en or pour les producteurs. Elle était bien partie pour « boumer » pendant dix ans. A ce stade on ne maîtrise pas encore son destin cinématographique, trop préoccupée d'en assurer la continuité.

FORT SAGANNE la fit grandir d'un coup, éraflant le stéréotype qui s'incrustait dans l'esprit du public. On commença seulement à s'apercevoir qu'elle existait. Le temps de prendre son élan, elle tourna encore JOYEUSES PAQUES long métrage bon chic bon genre, puis sans crier gare prit un virage à 180 degrés pour retrouver Zulawski et L'AMOUR BRAQUE, autrement dit l'homme qui brise les conformismes et piétine les tabous avec un talent qui fleure pour beaucoup un parfum de soufre. Le film fit sur le public fidèle de la comédienne l'effet d'un électrochoc. Elle perdit, ce jour-là, sans doute, bien des fans, mais gagna par contre une autre audience qui, jusqu'alors, ne connaissait même pas son visage.

Le Japon, lui par contre, la connaissait bien et l'avait sacrée vedette à part entière dès sa première apparition sur les écrans de Tokyo. Le phénomène Marceau au pays du Soleil Levant se perpétue comme j'ai pu le constater l'été dernier.

Après L'AMOUR BRAQUE tout devint plus difficile. Le difficile fut d'assumer ses choix et surtout ses refus. Coup sur coup, elle rompit deux contrats, refusant de tourner deux films dont l'intérêt ne lui apparaissait pas évident. Cette décision ne lui fit pas que des amis dans la profession où les rancunes peuvent être tenaces et les revanches patientes.

Sophie Marceau sait ce qu'elle veut et les risques ne lui font pas peur. C'est une femme de fer. Preuve en est donnée par son rôle dans POLICE. Tenter une expérience avec Pialat la rendait curieuse. Elle sortit de ce tournage difficile sans doute avec quelques bleus à l'âme. Peu importe, tourner avec ce metteur en scène c'est aussi avancer un peu plus vers le but fixé. Avec courage et obstination, elle tint bon malgré les pressions et les conseils amicaux que ne manquèrent pas de lui distiller quelques bonnes âmes bien intentionnées.

Quand je vois l'orientation de sa carrière, je constate qu'elle est bien loin de l'image négative de la débutante qui pense au-dessus de ses moyens.

Elle fait un parcours sans faute avec Mel Gibson BRAVEHEART, qui remporte l'Oscar à Hollywood, ANNA KARENINE un rôle dont toutes les actrices rêvent, qui fut interprété avant elle par Greta Garbo, Vivien Leigh, elle vient de publier un roman. En plus, elle est d'une générosité extrême, elle est attentive aux autres, elle a de grandes qualités de cœur et je crois que c'est vraiment une très grande carrière qui s'annonce pour Sophie Marceau que je considère comme, sans doute, l'une des plus belles actrices du monde.

C'est pas mal. C'est pas mal du tout.

Aujourd'hui en ce début 96 ce sont des bonheurs multiples qui illuminent le visage de Sophie Marceau. Témoin silencieux et attentif, j'observe la scène qui se déroule dans un restaurant parisien. Que lui dit-on ? Que lui propose-t-on ? La conversation se déroule en anglais et l'héroïne qui fait flipper tous les Japonais, a ramé ferme pour s'améliorer dans cette langue.

Le producteur la regarde avec une admiration non voilée. C'est vrai qu'elle est bien plus jolie que dans LA BOUM où visiblement le chef photo n'a pas forcé son talent, si talent il y avait.

« Il faut que je file, car je suis en train d'aménager mon appartement. »

Dehors une trentaine d'ados scandent « Sophie, Sophie » sur l'air des lampions, et en file indienne, très sages attendent un autographe de leur vedette préférée avant qu'elle ne devienne une star internationale...

Sans doute, pour l'instant, c'est surtout une jeune femme qui découvre l'Amérique !

SANDRINE BONNAIRE

Une frimousse à peine sortie de l'enfance, une flamme intérieure que rien ne semble pouvoir éteindre, une gravité dans l'expression qui efface soudain un sourire d'arc-en-ciel, une fringale de voir, de connaître, de savoir insatiable, et en prime : une jeunesse radioactive qui vous remet comme par miracle le compteur des décennies à zéro.

Parlant de l'héroïne de son film A NOS AMOURS, Maurice Pialat, toujours fasciné par son actrice commente : « Elle n'est pas sortie d'un chapeau, elle n'est pas née du hasard, elle n'est pas fille de la chance, non, les grandes actrices ne sont pas le fruit du miracle ».

Cet ours au cœur tendre capable de convoquer l'agent de Depardieu lors du tournage de LOULOU pour lui dire que son acteur était nul et qu'il était prêt à le virer s'il ne s'améliorait pas, ce formidable dynamiseur de talents dont le plateau est une tragédie permanente, n'est pas tout à fait revenu de sa découverte : « Elle nous a tous bouffés, envahis, annexés. Si elle n'avait pas été bien dès le début du tournage, je me serais découragé. Après, l'avoir devant ma caméra m'a incité à la paresse car tout était facile. »

Tandis que Pialat et Yves Perrot conversent en bout de table, évoquant encore le tournage de LOULOU au cours duquel ils ont failli en venir aux mains : « Heureusement que les techniciens nous ont séparés » commente le producteur qui est de nature plus diplomate que boxeur.

Ce soir de janvier 84, la jeune Cendrillon nommée Sandrine Bonnaire dont la franchise et la spontanéité n'ont pas encore subi l'érosion du temps et du conformisme se raconte : « Quand j'ai touché mon cachet, c'est-à-dire 40 000 francs français, j'étais suffoquée. Je n'avais jamais vu autant d'argent. J'ai fait une véritable razzia dans les « décrochez-moi-ça » du côté des Halles, car j'ai une passion pour la mode. Et puis, j'ai été en week-end avec des copines à Londres, que j'adore, et sur la Côte d'Azur. J'ai dépensé la moitié de cet argent, le reste servira à payer mon séjour en Amérique où se trouve mon ami, et comme j'ai l'intention d'apprendre l'anglais, ça tombe bien. »

Je lui demande si elle envisage de se marier: « Certainement pas et pour une raison bien simple : il m'est impossible de rester toute ma vie avec le même homme. Et comme je ne veux pas commettre l'adultère... »

Pialat dressant l'oreille, on revient au cinéma : « J'ai refusé l'offre de Dino Risi de tourner avec Coluche DAGOBERT. C'est une comédie et la comédie ne m'intéresse pas. » Approbation de Pialat. En réalité, quelque part dans sa tête, il se la garde pour son prochain film adapté du roman de Bernanos SOUS LE SOLEIL DE SATAN « nous somme tous un peu actionnaires de son talent » conclut le metteur en scène.

« Je sais que je ne retrouverai pas un metteur en scène avec lequel je pourrai avoir une telle complicité, mais il faut bien aller de l'avant. Quand je pense que j'ai échappé, grâce au cinéma, à un apprentissage de coiffure » ajoute-t-elle rêveuse.

Ivano, le maître d'hôtel qui a pour elle les yeux de Rodrigue, la chouchoute comme une nurse en la gavant de gâteau au chocolat. Lui qui habituellement, snobe les actrices, exception faite pour Miou-Miou et Marthe Keller qui le font fantasmer – ce qui démontre l'éclectisme de ses goûts – se découvre une vocation de nounou, en collant dans les bras de la jeune actrice un sac de chocolats, à l'heure du départ « au cas où elle aurait faim pendant la nuit ».

Il est minuit, Cendrillon regagne son hôtel sous l'œil attentif de l'ogre Pialat que ce petit bout de femme a métamorphosé en mouton.

Le « bonne nuit » est agrémenté d'une bise spontanée qu'elle vous dépose sur les deux joues en guise d'autographe affectueux.

On se met tous à flipper comme des vieux ringards emportant chacun dans la nuit une bouffée d'oxygène de vie.

VALERIE KAPRISKY

« Valérie épuisée vient de craquer, le docteur refuse tout déplacement. » Ce télégramme signé Myriam Bru agente de l'actrice, reçu le jour de *Spécial Cinéma* ne me surprend guère.

Cette jeune et belle actrice dont le talent éclate dans L'ANNEE DES MEDUSES paie comptant l'image que renvoie l'écran. Généreuse et passionnée (elle me fait penser sur bien des points à Adjani, sa rivale, qui lui a « volé » le superbe rôle de L'ETE MEURTRIER) elle donne lors du tournage, plus qu'une composition de personnage construite scène après scène comme le permet le privilège du métier.

En fait, elle s'investit sans retenue, confondant peut-être les zones de vie et les zones de fiction. Mais où se situe la frontière quand le tempérament supplée à l'expérience ? Résultat : après chaque film, l'image revient en boomerang et frappe au cœur. LA FEMME PUBLIQUE de Zulawski présenté à Cannes hors compétition en 84, dans une atmosphère minutieusement distillée de scandale et de soufre lui a valu son premier K.-O. Après trois jours d'interview tournant toujours autour du thème de sa nudité, elle a craqué, victime d'une agression feutrée permanente qui préfaçait chaque question. Porter à cet âge tout le poids d'un film face à une canonnade médiatique nourrie et ininterrompue, n'est certes pas une sinécure, et des plus célèbres et plus expérimentés qu'elle y ont laissé leurs nerfs.

L'ANNEE DES MEDUSES et son thème sulfureux ne pouvait que laisser des traces, tant il est vrai que l'on ne peut traverser certains rôles innocemment même si, comme elle le dit joliment, « sa nudité est habillée de sa jeunesse »...Son défi, qui était d'avoir des rôles importants tout de suite, a été gagné puisque Zulawski et Christopher Frank ont misé sur elle pour « porter » leur film. Défi gagné, oui, mais au prix de déprimes sévères dont il est difficile de sortir indemne, au prix aussi de parcelles d'âme et de cœur éparpillées sous les spots pour exister très fort sur l'écran.

L'addition est exorbitante et disproportionnée. Valérie en faisant ses comptes à l'aube de 1987 doit comprendre que la longévité d'une carrière se gère aussi à l'économie et admettre qu'il faut laisser le temps aux actrices de grandir. Car au-delà d'une certaine limite, les meilleures intentions ne sont plus valables... et là, le cinéma peut être mortel !

ISABELLE HUPPERT

Carrière menée à cent à l'heure avec une santé, un appétit et une disponibilité toniques. Isabelle Huppert ne cache d'ailleurs pas ses pensées. « Pour moi, le cinéma est une question de survie. »

Fabuleuse trajectoire professionnelle pour cette Parisienne née le 16 mars 1953 qui flirte avec les études en décrochant au passage une licence de russe avant de faire l'école buissonnière du côté du Conservatoire et d'être mise sur orbite en haut de l'affiche. Auparavant, elle va pantoufler dans un certain nombre de seconds rôles : FAUSTINE ET LE BEL ETE – CESAR ET ROSALIE – DUPONT LAJOIE – LE JUGE ET L'ASSASSIN, histoire de se faire les dents avant de croquer la pomme de la consécration. Claude Goretta qui n'est pas distrait lui donne sa première grande chance dans LA DENTELLIERE. Avec ce mélo, elle fait pleurer les chaumières et rate de peu le prix d'interprétation au Festival de Cannes en 1976. Elle se rattrapera deux ans plus tard en décrochant ce prix tant convoité avec VIOLETTE NOZIERE. Très vite, elle va commencer sa collection de célébrités.

Successivement elle passe devant les caméras de Chabrol VIOLETTE NOZIERE, de Téchiné LES SŒURS BRONTE qui lui laisseront un souvenir amer, de Pialat LOULOU, de Godard SAUVE QUI PEUT LA VIE sans doute l'une de ses plus grandes créations dans un rôle impossible, Bolognini où elle s'offre le culot d'être LA DAME AUX CAMELIAS,

Bertrand Tavernier COUP DE TORCHON lequel laisse apercevoir un registre de jeu insoupçonné qui annonce LA FEMME DE MON POTE. Enfin Losey LA TRUITE, et Ferreri HISTOIRE DE PIERA ne laissent pas passer la chance de travailler sur cette pâte malléable qui s'adapte sans cris ni chuchotements aux désirs du metteur en scène.

« Aujourd'hui je suis un peu en révolte contre les uns et les autres. Après avoir tourné avec eux, j'ai l'impression de les avoir davantage servis qu'ils ne m'ont servie. En fait j'ai le sentiment très net que Ferreri ne m'aimait pas.

» Avec Godard, avec Cimino LES PORTES DU PARADIS ce n'était pas facile, mais j'avais des contacts avec eux. Une véritable communication. Avec Ferreri, rien, le néant. »

Après 40 films tournés en 14 ans, ce soir de mars 88 c'est l'heure de la pause, des bilans, de la réflexion. « Maintenant j'ai envie de jouer des rôles loin de moi, loin des climats de tension que je déteste et que j'évite. »

Fini la docilité, la bouche cousue et le cœur gros, fini l'actrice-objet qui ne contrôle pas son image. « J'ai plus confiance en moi et du coup je me sens capable de dire à un metteur en scène : Non, cela ne va pas. Je ne le sens pas comme ça. Cela ne veut pas dire que j'ai l'intention d'empiéter sur les prérogatives de ceux qui me dirigent, mais je pense que chacun doit avoir son territoire. Le mien est à moi et j'ai bien l'intention de l'occuper. »

Sur le plan public sa discrétion a toujours été exemplaire. Certains lui ont reproché d'être un peu trop effacée et de ne pas solliciter la célébrité. « J'avais l'impression que l'image la plus juste que je pouvais donner de moi c'était celle que je donnais au cinéma à travers mes rôles. Il faudra que j'invente, car dans nos métiers tout s'invente, une image publique de moi, une image hors des plateaux ».

Son rôle de mère de famille lui tient particulièrement à cœur, mais n'en doutez pas, elle ne pense qu'au cinéma et le premier projet qui fera palpiter son intellect et sa sensibilité la propulsera comme une bombe vers de nouvelles aventures cinématographiques. Pour être regardée et surtout pour être aimée.

MARTHE KELLER

Malgré le décalage horaire – elle arrive de Los Angeles – Marthe Keller : tee shirt blanc, jupe de dentelle, cheveux en liberté conditionnelle avant le brushing précédant son passage devant les caméras de *Spécial Cinéma*, n'a perdu ni son coup de fourchette, ni sa belle santé, ni son humour. Attablée au restaurant où nous nous retrouvons en ce mois de novembre 85, elle engloutit un tartare de saumon, pulvérise une daurade et effectue un raid meurtrier sur le plateau de fromages. « Ici c'est beau et c'est bon. Vive l'Europe ! Vive la Suisse ! »

L'Amérique justement parlons-en. Là-bas, Marthe a fait une formidable percée en l'espace de quelques années, tournant avec Schlesinger MARATHON MAN, Frankenheimer BLACK SUNDAY, Pollack BOBBY DEERFIELD, Wilder FEDORA et John G. Avildsen THE FORMULA. Tout cela de 1976 à 1981 à raison de 400 000 dollars par film :

« C'est une caisse d'épargne qui me permet de refuser les films pour lesquels je n'ai pas un petit pincement au cœur, caisse d'épargne me laissant aussi une grande liberté pour choisir les pièces de théâtre que j'ai envie de jouer. Car le théâtre est ma passion, mon AVS. Si tu fais une carrière régulière sur les planches, tu prends une assurance pour l'avenir sans être tributaire comme au cinéma de la mode des physiques, du temps qui passe ou de la première ride. »

Elle m'avoue difficilement, car elle est très superstitieuse, que son voyage à Los Angeles avait pour objet un film avec Jack Nicholson et Dustin Hoffman.

— Pourquoi as-tu quitté l'Amérique, alors que ta carrière outre-Atlantique était en flèche ?

— Uniquement pour mon fils Alexandre. Je suis profondément européenne et je n'ai pas voulu qu'il soit élevé et éduqué là-bas. C'est un pays avec lequel j'ai des rapports ambigus. Je l'admire pour bien des choses, mais il me rebute et me fait peur pour de multiples raisons.

— Au fait, tu as rencontré souvent Kissinger et une fois le président Carter à la Maison Blanche ?

— Kissinger est un ami, rien qu'un ami. Quant à Carter, notre entrevue a été très brève et notre conversation n'encombrera pas les Archives Fédérales. C'était lors d'une réception. J'arrive devant lui et il me dit : « You are beautiful » Prise de court et ne sachant que répondre, je murmure : « You too » Tu parles d'une réplique !

— Et avec Giscard ?

— J'ai dîné avec lui alors qu'il était président, non pas en tête-à-tête, mais avec les Sallinger et les Alphand.

— Il t'avait téléphoné avant ?

— Non, c'est sa secrétaire qui a dû me prendre pour une gourde puisqu'elle a jugé utile de me préciser que le dîner était en robe longue. Ce qui m'a tout de suite donné l'envie de m'habiller en court !

— Tu as eu confidence de quelques secrets d'Etat ?

— Oui, il m'a confié qu'il connaissait « Croquignole » à Verbier qui faisait, selon lui, les meilleurs gâteaux de la station. Quand il m'a raccompagnée chez moi, en tout bien tout honneur, je l'ai quitté en disant : « A bientôt. Merci pour cette excellente soirée ».

Ma concierge a cru que c'était un imitateur qui s'était affublé d'un masque !

En 1965, pour la presse écrite. Pas encore le cinéma et déjà Sophia Loren !

En mai 1983 au Festival de Cannes. Accueil d'Isabelle Adjani pour le fameux *Gros Plan* réalisé à l'occasion de la présentation de L'ÉTÉ MEURTRIER.

En décembre 1985, préparation avec Marthe Keller et Alain Bloch d'une grande émission de fête *(Le Cinéma chante)* en direct de Gstaad au profit du HCR, pour les camps de réfugiés en Thaïlande.

En 1986, le tandem Defaye Zender en compagnie de Sophie Marceau, Claude Brasseur, le réalisateur Francis Girod et son équipe pour une « Descente aux enfers » qui se termina chez Frédy Girardet !

En octobre 1983, sur le plateau de la TSR, Christian Defaye avec Marie-Christine Barrault : « Des mots pour le dire. »
(Photo : Télévision Suisse Romande)

Découverte d'une jeune actrice qui ne manque pas de tempérament : Carole Laure au Festival de Cannes en 1980.

Isabelle Huppert, en 1983 : déjà un beau bilan de carrière !
(Photo : Télévision Suisse Romande)

Première rencontre avec Fanny Ardant sur le plateau de *Spécial Cinéma* en octobre 1989.
(Photo : Télévision Suisse Romande)

Retour au cinéma après avoir évoqué un joueur de tennis qui figure davantage dans la chronique du cœur que dans la sportive.

« Il a bien des qualités, mais quel dommage qu'il écrive des poèmes... »

Nous arrivons au cinéma français qu'elle retrouve après huit ans avec FEMME DE PERSONNE de Christopher Frank. Je lui fait remarquer que Cécile, le personnage qu'elle incarne lui ressemble comme une sœur. Elle est libre, indépendante et fait peur aux hommes parce que trop lucide et exigeante.

« C'est presque vrai, sauf que moi je suis toujours amoureuse ! »

Chère Marthe réputée si futile si narcissique. Elle a répondu présent à notre appel pour les enfants de la guerre réfugiés en Thaïlande. En cette fin d'année 85, elle est chargée de récolter les dons dans le cadre d'une soirée exceptionnelle organisée à leur profit à Gstaad.

Et l'avenir ?

« Toujours le théâtre encore le théâtre, même si mon fils s'endort après 30 minutes quand il vient me voir jouer.

» Pourquoi parlais-tu si bas ce soir ? – me demandent mes partenaires – Pour ne pas réveiller Alexandre ! Non, sérieusement, mon rêve est d'avoir un jour une compagnie à moi, pour cela il faut encore remplir beaucoup de tirelires. Et puis, il y a la vie. Ne supportant pas l'injustice, je continuerai à me battre contre, dans la mesure de mes moyens. Pour l'heure je vais à Salzbourg, c'est ma grande récréation annuelle. Je n'ai pas le temps de voir passer la vie. Je la vis. »

Avec un bel appétit ! L'addition s.v.p. !

JEANNE MOREAU

Loin des flonflons de Cannes, sans tambours contestataires, et sans trompettes de la renommée, 1988, Jeanne Moreau fait ses valises et met le cap vers l'espoir, c'est-à-dire l'Amérique.

« Faire ses valises » est d'ailleurs une clause de style pour cette saltimbanque, voyageuse sans bagage, mais non sans souvenirs, contrainte à l'exil pour travailler. Des souvenirs à ramasser à la pelle, des souvenirs couleur regrets. Regret d'avoir travaillé pour le plaisir et par passion sans avoir regardé de trop près le nombre de zéros sur les chèques de ses cachets. Regret peut-être aussi que les amis d'hier à la mémoire acérée soient frappés d'amnésie aujourd'hui.

Contrainte par la dureté de l'époque à brader sa ferme de 45 hectares pour acquitter sa dette envers le fisc, que ne satisfait pas le patrimoine artistique, (le talent que l'actrice a laissé en gage pour la postérité dans les cinémathèques du monde entier), Jeanne, une fois de plus, a remis sa carrière à la case départ sans s'attarder sur ses états d'âme. Habituée à faire cohabiter le précaire avec la dignité, elle sort sur la pointe des pieds des champs médiatiques délestée de ses meubles, de ses objets, bref de son environnement intimiste.

Ce n'est pas la première fois que la vie fait le ménage chez cette star que n'arrimeront au désespoir ni l'adversité ni les turbulences du destin. Cette femme, cette vraie femme, sait faire la « planche » avec une patience tranquille dans les tempêtes les plus sévères grâce à un cœur gros comme ça qui vaut toutes les bouées du monde. Insubmersible cette Jeanne qui du jour au lendemain a vu sa garde-robe éparpillée aux enchères, immunisée aussi par toutes les cicatrices récoltées de-ci, de-là, pour avoir choisi d'empoigner ses désirs au corps à corps.

Souvent dans les dîners en ville, m'arrive l'inévitable question: « Quelle est l'actrice qui vous a le plus impressionné au cours d'une interview ! » Pour une fois je vais répondre, c'est elle. Jeanne Moreau par son charme – minettes, vous pouvez encore vous rhabiller – par son intelligence, sa sensibilité, par sa lucidité qui n'esquive rien, par, enfin, un formidable appétit de la vie qui dit merde au temps qui passe. J'aime son insolence souriante et la délicatesse de son approche qui embellit le banal des mots qui glissent.

J'aime enfin et surtout, ce visage qui a payé cash ses joies, ses chagrins, ses passions et ses déceptions.

L'Amérique l'attend peut-être pour jouer, pour tourner comme réalisatrice ou pour présenter une série de portraits. Une certaine façon de retrouver sa famille.

Là où le talent est reconnu.

SIMONE SIGNORET

Elle était certes une grande actrice – la plus titrée du cinéma français – ayant pratiquement glané toutes les grandes récompenses que distribue la profession, y compris un Oscar à Hollywood pour LES CHEMINS DE LA HAUTE VILLE. Elle était aussi une militante dont l'action ne se développait pas dans les structures étroites d'un parti politique.

Femme de son temps et d'époques de grands bouleversements politiques, elle sut au fil des années, orpheline de toute idéologie, s'engager, cause après cause chaque fois que sa conscience l'incitait à le faire. Ce fut souvent courageux lors de révisions déchirantes notamment sur le marxisme et ses bavures. Ce fut souvent irritant pour les autres, c'est-à-dire pour tous ceux qui n'aimaient pas l'entendre parler hors des dialogues de cinéma.

Toute cette période difficile est expliquée dans « La Nostalgie n'est plus ce qu'elle était », son premier livre, qui aborde tout sans complaisance, y compris les sphères de sa vie la plus personnelle.

Je me souviens de notre rencontre en mars 1980. Au premier abord elle fut intimidante voire même glaciale. Nous avions rendez-vous tout près de son domicile, place Dauphine chez « l'Italien » du coin où il lui arrivait fréquemment de déjeuner avec Montand. Alors que nous nous apprêtions à commencer l'enregistrement, notre technicien, responsable du son, s'aperçut qu'il lui manquait un fil de raccordement. Seule solution pour lui :

traverser Paris pour aller chercher l'élément indispensable à son Nagra. Il était 18 heures, heure de circulation intense. Désespéré de ce retard d'au moins une heure et certain de la voir partir, je lançais en forme de boutade : « Et bien ! Madame, il ne me reste que deux solutions, soit me jeter dans la Seine, soit prendre la cuite de ma vie... »

« Optez pour la seconde solution, me dit-elle sans rire, nous pourrons partager ».

Ce qui fut fait. Ce ne fut pas la beuverie du siècle, mais nous enchaînâmes pendant trois quarts d'heure un nombre respectable de whiskies. Je m'aperçus alors en parlant de choses et d'autres pour meubler le temps d'attente, combien son exigence, son absolutisme s'exerçaient en premier lieu sur elle-même avant de toucher les autres. Je découvris aussi, contrairement à l'image reçue, combien les doutes l'assaillaient concernant certains de ses engagements :

« C'est sans doute avant tout par égoïsme que je m'implique si totalement, en fait c'est pour être en paix avec moi-même, ne cherchez pas d'autres vertus dans cela. »

Elle s'interrogeait sur tout, sauf sur sa carrière :

« J'en tire un bilan positif, même si, en y réfléchissant, j'aurais pu faire une carrière internationale plus importante. »

Elle parlait avec tendresse et respect de ses confrères et consœurs travaillant dans l'anonymat des génériques :

« Je regarde beaucoup la TV, confiait-elle, et je trouve que nombre d'acteurs et d'actrices que je vois dans les séries ou les téléfilms exercent leur métier avec beaucoup d'amour sans que la célébrité soit fatalement au rendez-vous de leur prestation. »

Le métier, elle en parlait peu : « Ce que je sais, c'est que je l'aurais tout de même exercé, même sans avoir la réussite que j'ai eu la chance d'avoir. J'aurais, certes, végété, en attendant jusqu'à la limite de ma vie la chance d'un grand rôle ».

Elle fut aussi, dans sa vie de femme, passionnée et entière. Les turbulences de son couple avec Montand, évoquées avec une dignité qui force le respect dans « La Nostalgie... » me l'ont fait aimer. J'aime, en effet, beaucoup ceux et celles qui savent se tenir droits quand personne ne les regarde.

Que l'on ait aimé ou pas Signoret n'est finalement pas important. Ce qui compte, c'est l'estime que nous lui devons pour tout cela et pour tout le reste. Je ne pense pas qu'elle en espérait plus.

ROMY SCHNEIDER

Samedi 29 mai 1982. La France entière est en deuil. Celle qui incarnait la femme des années 80, belle, libre et talentueuse, n'est plus, emportée par la maladie, le chagrin, le découragement. Des années de calvaire, noires comme des nuages de suie, ont eu raison de celle dont le sourire, la gentillesse, la classe, le talent et le courage avaient conquis le cœur de dizaines de millions d'entre nous.

Depuis trois ans en effet, le destin s'acharnait sur Romy Schneider, lui arrachant ses êtres les plus chers – son premier mari, Harry Meyen, en 1979, le fils chéri qu'elle avait eu de lui, David, en 1981 – la meurtrissant dans son corps : hospitalisation en urgence et ablation d'un rein. En ce printemps 82, celle dont le visage rayonnait de bonheur contre vents et marées, est l'ombre d'elle-même. Où sont enfouis ce sourire rayonnant et ces yeux étincelants qui, tels un filtre magique, nous envoûtaient ? Lunettes noires plaquées sur des yeux gonflés de larmes, visage terni par trop de tortures intérieures, Romy traîne un mal de vivre à chaque coup du destin plus intense. Le cœur à vif et le corps blessé, lui est-il possible, une fois de plus, de remonter la pente, de franchir ce mur de larmes que la vie a dressé devant elle ? Une épreuve de plus, de trop, dans une vie publique de lumière doublée d'une vie privée jalonnée de crêpe noir.

En ces années de suie, où est la frimousse couronnée de cheveux d'or qui a conquis les adolescents des années 50 et 60 ?

Où est le visage illuminé de bonheur des années Delon ? Doués et promis à un avenir doré, Romy et Alain symbolisaient le couple moderne et illuminaient les rêves de millions d'amoureux. Où est le visage heureux de cette mère, cette femme qui, deux fois, crut de toutes ses forces à sa bonne étoile avant de s'abîmer ensuite, meurtrie, désespérée ? Ils sont enfouis sous les épaisses couches de peine et de chagrins charriés, au fil des ans, par les flots de larmes et qui obstruent le cours de sa vie.

La vie de Romy Schneider n'est en effet pas une succession de tableaux, séquences, ponctués d'un début et d'une fin. C'est la suite linéaire qui va crescendo, une fuite en avant à la poursuite de deux objectifs : la quête du bonheur absolu et la résolution d'un malaise profond, l'unification d'une personnalité duale. De moments intenses de bonheur, en crises d'identité profondes, ainsi Romy a-t-elle traversé sa vie. Sûre, affirmée, douée, efficace dans sa vie professionnelle, même si chaque début de tournage la rongeait de trac, elle ne cessait, en privé, de se poser des questions. Les mêmes et éternelles questions sans réponse. Au fil des interviews, des confessions, de sa correspondance ou des notes de ses journaux intimes se dessine un même être inchangé dont on perçoit le malaise.

Trois films l'ont propulsée au firmament du cinéma français : LA PISCINE de Jacques Deray (1968) où elle a retrouvé Alain Delon cinq ans après leur séparation, LES CHOSES DE LA VIE (1969) et MAX ET LES FERRAILLEURS (1970) de Claude Sautet où elle est confrontée à Michel Piccoli. Sous la houlette de Sautet, elle a pu donner toute la mesure de son talent et retrouver les sensations intenses qu'elle avait éprouvées sous la direction d'Orson Welles lors du tournage du PROCES (1963). C'est une véritable histoire d'amour professionnel qui commence entre eux. Sautet la dirigera cinq fois et lui offrira, suprême cadeau, avec UNE HISTOIRE SIMPLE (1978) leur dernière collaboration, le César de la meilleure actrice.

Lorsqu'en 1982 Laurent Petin, le dernier compagnon de Romy Schneider confiera ces quelques mots : « Elle cherche un bonheur qui n'existe pas. Et, parce qu'elle ne peut pas le trouver, elle se détruit elle-même », il aura mis au jour, percé le mystère et le malaise de Romy Schneider.

Romy la femme est dans l'impasse. Romy l'actrice demeure, conforme en tous points au rêve que, toute jeune fille, elle nourrissait : devenir une star, une vraie, droite, responsable et éclectique, professionnelle jusqu'au bout des ongles. Mais l'une pouvait-elle vivre sans l'autre ?..

CHARLOTTE RAMPLING

Avec ces yeux-là qui promettent les voluptés les plus exquises ou les châtiments les plus pervers, avec cette voix-là qui module une mélodie en sous-cœur : Charlotte Rampling est pour moi et quelques autres, la plus grande séductrice du cinéma.

Hors caméra, son visage, véritable piège à lumière sur l'écran, garde à l'œil nu des pénombres du mystère, rampes de lancement pour tous les rêves. Ce privilège lui permet de s'offrir en chair et en os une simplicité qui exclut toute velléité de sophistication. Bref, un luxe rare qu'elle banalise par un comportement qui laisse à la femme le privilège d'exister en gommant la star.

Elle n'est pas pour autant une grand fille toute simple. Un côté « venu d'ailleurs » a créé à son insu une barrière invisible qui tient à distance tous ceux qu'elle ne désire pas voir approcher... et même quand elle vous fait spontanément la bise après une interview qu'elle a aimée, on a le sentiment d'avoir piraté un morceau d'image sur l'écran.

« La plus grande injure d'une jolie femme – disait un expert, Sacha Guitry – est de vous accorder son amitié ». Je n'ai jamais eu cette impression avec Adjani, Keller, Huppert et quelques autres, qui m'honorent de leur sympathie. J'aurais été mortifié par contre de vivre les mêmes relations avec Rampling. Je ne suis donc pas un ami de Charlotte, simplement un spectateur privilégié qui l'a regardée vivre en direct dans le grand studio de la vie, un jour de juin 1984.

Décapez avec douceur et surtout avec humour – elle y est très sensible – le no man's land d'iceberg et vous percevez les arrière-plans où s'enchevêtrent et s'affrontent bien des pulsions contradictoires « J'ai tendance à m'envoler, mais j'ai besoin aussi de racines. C'est nécessaire pour mon harmonie. Il est vrai qu'on peut être mille choses en étant fragile. J'ai mille démesures qui sommeillent, mais on doit connaître ses limites. »

Au départ de l'histoire, deux Anglaises sur le continent, Charlotte et sa sœur Sarah. Le papa, colonel à l'OTAN, est en poste à Paris. Un colonel sympa qui laisse partir ses filles en Angleterre pour tâter des planches et du show-biz.

On connaît la suite, Elle se retrouve mannequin. Quelques photos déposées dans une agence font tilt chez les gens de cinéma. Un look est né : le look Rampling.

Visconti l'engage pour LES DAMNES. « Vous avez ce qu'il faut derrière les yeux, même si vous n'avez pas l'âge du rôle. » Liliana Cavani cherche une interprète pour PORTIER DE NUIT. Dirk Bogarde appelle Rampling : « Tu es la seule à pouvoir jouer cela avec moi », elle accepte cette histoire de tortionnaire et de sa victime. « Il m'a donné le courage de le faire. Ce film demandait beaucoup sur le plan émotionnel. Il ne fallait pas trop penser sinon j'arrêtais tout de suite ».

Tourner film après film ne l'a jamais passionnée, pas plus que d'occuper la première place. Elle dit « oui » pour le metteur en scène, ou simplement pour tourner avec des gens qu'elle aime : « C'est la qualité du rôle qui compte, pas le nombre de répliques ou les minutes de présence. Avec Woody Allen, j'ai eu le même humour, la même approche de la vie. J'ai fait VERDICT parce que j'avais envie de tourner avec Paul Newman et James Mason ».

Elle avoue que la tentation est grande d'enchaîner les films. « J'ai un compagnon et deux enfants et j'adore rentrer chez moi. »

Sans doute pour exorciser la démesure qui l'habite en permanence.

Pour protéger ses racines, elle refuse le théâtre: « Je n'ai jamais eu l'inquiétude de ne pas travailler, et puis j'ai toujours eu le sentiment que l'on ne m'oublierait pas. »

En attendant, elle rêve de Claude Miller et de Resnais en s'égarant chez Lelouch – VIVA LA VIE – avec l'envie de se battre « pour monter les sujets que j'aime et en avoir le contrôle créatif ». Cela tarde à venir, mais cela viendra : « je suis sûre que les femmes intelligentes savent utiliser leurs armes sans faire peur aux hommes. » Comment en douter en l'écoutant et en la regardant.

On flippe, ankylosé sous le charme, nappé de douceur qui dissimule non pas une volonté de fer, mais une religion d'aller jusqu'au bout de ses désirs.

Qui résisterait ? Même pas ceux qui savent que le look est un formidable trompe-l'œil.

Courage fuyons ! Adieu ma jolie !

LIZA MINNELLI

Avec ses yeux écarquillés qui roulent comme des boules de billard et qui semblent se demander « Quelle vacherie, il va me faire, celui-là ? » Avec une frimousse de Rouletabille mâtiné d'un soupçon de Gavroche, cette fille qui donne l'impression d'être capable d'attendre une heure l'homme qu'elle aime sous une pluie battante, cette fille a un glamour radioactif.

Deux heures en sa présence et vous êtes irrécupérable même dans les fantasmes les plus fous du ghota féminin du cinéma mondial.

Or donc, j'ai passé deux heures, un jour d'août 1984, avec elle à l'hôtel Beau Rivage à Lausanne dans une suite idéale pour des lendemains qui chantent. Comme nous n'étions pas seuls, les limites de notre intimité s'arrêtaient au cameraman, au preneur de son et au réalisateur.

Voir arriver Liza avec ses bagages tient du cyclone et du tremblement de terre. En cinq minutes, l'espace neutre d'une escale parmi tant d'autres, devient son chez soi. Tout bouge, tout vit, dans un désordre indescriptible sur lequel règne un ours en peluche dont l'une des oreilles a capitulé après dix ans de show à travers les continents.

Le room-service monte des boissons et des chapelets de gerbes de fleurs : « My God, c'est pour moi ? » Silence général affirmatif. « Il faudra les donner, elles vont mourir dans cette pièce ». Puis les télégrammes. « Lis-les moi » Dans un anglais de cuisine, je déchiffre. Un vrai triomphe. Au second, elle s'écroule de rire devant la coiffeuse. Hélène, l'interprète, prend le relais et sauve l'honneur. Deux scotches ankylosent ma honte et me ramènent à la vie. Heureusement, car j'allais perdre l'essentiel.

Liza livre un combat implacable contre sa tignasse drue comme du maïs en herbe.

Un peigne expire, une brosse geint et, tel un défi, un épi nargue sur le haut du crâne tous les efforts déployés. « Passe-moi les ciseaux. » Protestation de la secrétaire-coiffeuse-habilleuse : «Liza, ce n'est pas raisonnable ».

Claquement sec. L'épi vient de mourir sur la moquette. Eclat de rire. « C'est comme dans la vie, il faut supprimer tout ce qui est inutile. »

Caméra sur pied, le cameraman ne tourne pas, sachant qu'il ne faut pas voler ces instants intimistes. Pendant ce temps, de la salle de bain Liza interroge : « Comment c'est la salle ? Et le public ? C'est complet ? »

Le tout sur fond de va-et-vient permanent. Ce n'est plus une suite, c'est un moulin. Le bruit, l'excitation, l'enchantent, la dynamisent.

Fille du spectacle, dotée du charme de maman Judy et du talent de Papa Vicente, le show-biz n'est pas pour elle un métier : « C'est le lait que j'ai tété dans mes biberons. » En professionnelle, elle vient se placer devant la caméra, un petit miroir à la main, pour inspecter la densité de l'éclairage. En vingt secondes, elle fait corriger un spot et file compléter son maquillage. Trois tasses de thé et elle semble prête. Illusion. C'est si bon de flâner avant l'effort. Dehors, les accompagnateurs sont en déprime, les yeux fixés sur l'heure. « Il ne faut pas se laisser faire sinon c'est l'esclavage. »

Comme nous avons tout notre temps, elle bavarde de tout et de rien comme si nous nous connaissions de toute éternité. Ce jour-là, pas de problème, j'ai même l'impression de faire partie des bagages. « Quel film as-tu choisi ? Je réponds : « Le seul, l'unique, celui que je m'administre par vidéocassette quand j'en ai ras-le-bol, celui qui m'embarque chaque fois ailleurs : NEW YORK NEW YORK. » Ça tombe bien, elle l'aime « même si le public l'a boudé ».

« On y va », dit-elle sans impatience. « Moteur, ça tourne. Liza Minnelli première », clame haut et fort le preneur de son. Elle roule, tel un clown, les boules de ses yeux. Surprise de la très forte sonorité de la voix, sa broche tombe. Je trébuche sur la première question et récolte un fou rire incontrôlable, tandis qu'elle récupère l'épi coupé tout à l'heure qui gît à ses pieds, commentant pour les témoins éberlués : « Ce type est encore plus fou que moi. »

Le roi n'est pas mon cousin !

FAYE DUNAWAY

On sait qu'elle a le visage mieux fait que le caractère, qu'elle adore faire la cuisine, qu'elle lit Shakespeare, et qu'elle est fascinée par Greta Garbo, Marilyn Monrœ et Ella Fitzgerald. On sait enfin que sa philosophie peut se résumer à une phrase ligne de force : « Rien ne compte et tout a de l'importance ».

Faye Dunaway, aperçue à Cannes comme une sprinteuse de finale de 100 mètres olympiques, le temps de traverser une scène pour remettre un prix et de disparaître, happée par les coulisses, fascinée, inquiète, irritée ou hypnotisée. Etant de ses inconditionnels, j'aime sa personnalité tourmentée et son instabilité : « Sans névroses, me confiait un jour Jeanne Moreau, pas de comédienne ». Des névroses, Faye s'en offre à la pelle en perpétuelle panique de solitude et en constante obsession de réussite aussi bien affective que professionnelle.

Née un 14 janvier 1940 dans une petite ville de Floride, son père officier de l'armée de terre change souvent de garnison, ce qui contraint la famille à migrer aux quatre coins du continent. Elevée par une mère très religieuse et possessive qui l'habille comme Shirley Temple, elle est le centre du foyer familial : « J'étais le soleil, la terre et la lune. J'ai souvent pensé depuis à cette situation de la jolie petite fille qui est sans cesse portée aux nues sans faire quoi que ce soit. C'est en fait une situation très dérangeante qui vous désarme après face à la vie. »

Après avoir terminé ses études secondaires, Faye Dunaway fait ses débuts au théâtre dans MEDEE, en travaillant comme serveuse dans un bar. Elle décroche ensuite le rôle principal des SORCIERES DE SALEM qui polarisera l'attention de la critique sur cette comédienne de 24 ans. On connaît la suite, c'est-à-dire le gotha du cinéma : Preminger, Frankenheimer, Penn, Kazan, Lester, Polanski, Pollack, De Sica, Clément qui se la disputent pour l'avoir devant leurs caméras.

Les films qui en découleront sont présents dans tous les esprits. Faut-il les rappeler : BONNIE AND CLYDE – L'ARRANGEMENT – CHINA TOWN – NETWORK (Oscar de la meilleure actrice) – LITTLE BIG MAN –LES TROIS JOURS DU CONDOR – LES YEUX DE LAURA MARS etc. Elle démontre que la beauté n'est pas l'ennemi du talent, et on ne peut que constater l'exceptionnelle qualité des films dans lesquels elle est présente, réussissant à concilier le cinéma d'auteur et le cinéma grand public. Sa personnalité tourmentée, instable, fait qu'elle est essentiellement attirée par des rôles complexes qui l'empêchent de tomber dans les stéréotypes. En consultant sa filmographie, on se demande qui ose prétendre que le cinéma américain n'offre pas de grands rôles féminins. PORTRAIT D'UNE ENFANT DECHUE de Jerry Chatzberg tourné en 1970 sert de miroir révélateur pour cerner Faye Dunaway d'un peu plus près et sortir de la définition habituelle qui lui sert de légende sur chaque photo : « Talent, beauté, esprit » auquel on peut ajouter « séduction ».

PORTRAIT D'UNE ENFANT DECHUE conte l'histoire d'un mannequin vedette qui égrène ses souvenirs alors que, réfugiée dans sa villa, elle cherche à vivre autrement. A la recherche d'un équilibre sérieusement compromis par le vedettariat, le film contribuera à exorciser quelques-uns des problèmes majeurs qui se posent à elle. Entre le personnage et l'interprète, les rapprochements sont nombreux. Cette mise à nu d'une femme est entièrement assumée par l'actrice que l'on retrouve dépouillée de son mirage de star. Elle se vieillit, se montre telle que les vedettes ne doivent jamais être, sans aucun maquillage et dénonce le « sois belle et tais-toi » que conjuguent encore trop de comédiennes. PORTRAIT D'UNE ENFANT DECHUE raconte Faye bien mieux que n'importe quelle biographie ou interview.

A Cannes, en simple robe blanche légèrement décolletée, le cou orné d'un petit collier de perles, les cheveux tombant, elle fut impériale lors de la remise des prix. Elle avait sauté dans un Concorde. Tout cela pour moins de six minutes de présence scénique. Un comble !

J'aurais assez aimé l'entendre déverser un torrent de jurons, exercice dans lequel elle excelle quand d'aventure la coloration de l'environnement la contrarie.

Epoque révolue. Aujourd'hui au bar du Fouquet's en ce mois de février 1989 après la remise des Césars, elle dégage une sérénité à vous couper le souffle, qui accentue encore son côté inaccessible, impalpable, venue d'ailleurs.

A un officiel qui la complimentait : « Vous êtes superbe, comment vous sentez-vous ? » Elle répondit lointaine : « Lasse de mes efforts pour être superbe ! »

MERYL STREEP

Ce n'est pourtant pas le genre à coloniser l'espace en vampant l'atmosphère, comme le faisaient jadis les bombes oxygénées de la Metro Goldwyn Meyer, bombes dont les décolletés niagaresques explosaient au cœur des machos élevés au sein maternel.

Meryl Streep se contente, elle, de vivre en se coulant dans le costume de l'Américaine moyenne dont elle est le prototype sublimé.

Physiquement, deux tonalités dominantes : d'une part, une douceur qui peut faire croire que de toute éternité un destin de femme se limite à glisser un carbone entre la vie de l'homme qu'elle aime et la sienne, d'autre part, des changements d'états d'âme dans le regard qui dénotent une volonté tranquille zébrée sans doute de temps à autre de fabuleux orages colériques. Ses métamorphoses cinématographiques ne sont d'ailleurs pas toujours dues au talents des metteurs en scène, lesquels comme Karel Reisz LA MAITRESSE DU LIEUTENANT FRANÇAIS ou Robert Benton KRAMER CONTRE KRAMER ont su, en voyeurs attentifs et en pilleurs d'âme expérimentés, glaner dans les arrière-plans de ce caméléon les trésors de sensibilité et de subtilité qui constituent les grands fonds psychologiques de l'insondable Meryl Streep. Elle est arrivée dans le métier en 1977 sans rumeur publicitaire pour, sans doute, ne pas effaroucher Jane Fonda avec laquelle elle débutera dans JULIA de Fred Zinnemann.

C'est une série télévisée vendue dans le monde entier, HOLOCAUSTE, qui fera office de fusée porteuse pour la propulser au royaume des stars. Avec un discernement mâtiné de ruse et d'opportunisme, Meryl Streep s'embarque ensuite dans KRAMER CONTRE KRAMER avant de sauter à pieds joints dans le délire sublime de MANHATTAN de Woody Allen.

Trois choix, trois succès. Trois chances d'être repérée. Qui la conseille ? Personne.

Elle a un flair qui ne redoute pas le risque. Ainsi dans VOYAGE AU BOUT DE L'ENFER, film d'homme par excellence, elle réussit à occuper l'écran en surface égale avec De Niro. C'est un exploit. Les récompenses commencent à pleuvoir, les propositions à se multiplier et LA MAITRESSE DU LIEUTENANT FRANÇAIS lui offre sans doute le plus beau rôle qu'une actrice puisse souhaiter. Pendant le tournage de ce dernier film, sa lucidité légendaire, sans doute hypothéquée par la fatigue, s'emballe comme un ordinateur déréglé et manque de peu de la faire passer à côté de « the chance » de sa vie.

Alan Pakula qui prépare LE CHOIX DE SOPHIE adapté du célèbre roman de William Styron, lui téléphone : « Je lui ai répondu : j'aime le roman, mais je voudrais lire l'adaptation cinématographique. Il m'a dit de lui faire confiance. Je n'ai pas été très polie, on a raccroché et il a cherché d'autres actrices. Piquée au vif, je me suis arrangée pour lire une copie pirate du scénario. Alors je n'ai plus eu qu'une idée en tête : décrocher ce rôle. Il ne s'agissait pas d'un personnage stéréotypé de victime-née, le rôle était multidimensionnel, c'était un kaléidoscope d'émotions, c'était plein d'humour aussi. On a tout repris depuis le début. Mon agent a téléphoné à Pakula et l'a supplié de me voir. Il y a consenti. Je suis entrée dans un bureau recouvert d'actrices tchécoslovaques. Nous avons parlé des heures et des heures. J'ai attendu une semaine sa réponse, une semaine d'enfer. Enfin il m'a appelée pour me dire que le rôle était pour moi. J'ai travaillé comme une forcenée, apprenant l'allemand et le polonais. Pour les séquences du camp de concentration, je n'ai pratiquement pas mangé durant un mois pour perdre du poids. J'ai adapté mon physique et mon jeu à ces impératifs, comme je le fais sur scène, et j'ai imaginé la vie terrible de cette femme que je voulais tant incarner. Ça fait partie du métier. C'était à moi de jouer. »

Elle a joué, si bien joué que l'Académie américaine du cinéma l'a nommée meilleure actrice pour l'Oscar 1983

On peut donner l'impression d'être capable d'attendre une heure un homme sous la pluie et s'impatienter face à un Oscar à portée de palmarès.

Sans masque et sans fard en ce matin d'avril 83 à Paris, Meryl Streep avoue : « Quelle actrice n'en rêve pas ! Et puis, ce rôle je l'ai tellement voulu, je me suis tellement battue, quand je pense que j'ai failli le laisser échapper ! Il faudra que je contrôle mieux mes réactions. »

MARILYN (HOMMAGE)

Les monuments aux morts de la cité du cinéma s'intègrent dans un paysage où n'en finissent pas d'agoniser les grands studios d'antan qui ne survivent plus que par le bon vouloir des séries TV. Encombrer les uns et arranger les autres, car les échotiers en mal de ragots savent bien que Victoria Principal, ça fait trois plans, deux rictus, un regard qui vous donne l'illusion d'être un train roulant dans le Wyoming entre ciel et herbe... mais pas une chronique !

Fini le bon temps ! Faut faire avec ! Avec rien !

Pourtant, Marilyn mise à part, il y a tout le reste de la famille disparue ou bien vivante pour s'attendrir : Marlène qui publie ses mémoires avec une lucidité de dame patronnesse, Greta qui n'oublie pas que le silence est d'or, Liz qui donne des autographes en chaîne aux registres d'Etat Civil, Ingrid toute bourdonnante de timidité avant de dire merde aux commères et aux studios pour vivre sa passion « rossellinienne » qu'Hollywood lui fera payer très cher en plusieurs annuités.

Bref, pourquoi, elle, Marilyn, continue d'empoisonner de son fantôme qui ne veut pas disparaître de cette si gentille petite ville. Tenace le fantôme, malgré une formidable campagne de désinformation au cours de laquelle on n'a pas hésité à mettre dans le shaker US : la CIA, la Maison Blanche, pour servir un bon cocktail capable de faire avaler tous les somnifères susceptibles d'endormir le bon peuple et de détruire l'image. Arthur Miller, auquel on ne demandait rien, a cru élégant d'écrire une pièce pour sa défunte épouse, confondant dans un sordide déballage de linge sale le théâtre et la buanderie. Peine perdue, un coup pour rien, Marilyn avait rejoint depuis belle lurette son firmament d'origine, et cet ultime coup de pied n'avait aucune chance d'altérer l'intensité de son étoile.

Mon confrère, Jean-François Josselin, écrivait à ce propos dans le « Nouvel Observateur » il y a quelques années : « Arthur Miller a été ignoble comme seuls certains intellectuels de gauche peuvent l'être ». J'ajouterai : surtout quand ils découvrent tardivement leur braguette !

Broutilles finalement que tous ces magouillages. Depuis longtemps, Marilyn s'est inscrite en lettre de protestation dans le cœur des foules comme une « héroïne victime » criant justice. Dès lors toute tentative de passer du côté pile au côté face fleure le sacrilège, lequel n'a aucune chance de violer l'immunité qui protège à jamais l'actrice.

Victime ! C'est peu dire. Cible, conviendrait mieux. Pendant vingt ans, Hollywood n'eut qu'un but : détruire Marilyn par la dérision et le mépris. Preuves à l'appui : les films qui sont souvent autant de guets-apens. Prenez NIAGARA par exemple. Jean Peters, qui n'était autre que la femme d'Howard Hugues, en est la vedette et Marilyn sert la soupe dans un second rôle de garce qui se dandine devant un juke-box. Tout ce qu'il faut pour se ramasser.

Résultat les spectateurs ne voient qu'elle et Hollywood se mord les doigts de ne pas l'avoir employée plus dans le film qui est un somnifère quand Marilyn est absente de l'écran.

Plus tard c'est Howard Hawks qui, avec LES HOMMES PREFERENT LES BLONDES, tente non pas de mettre en valeur ces deux superbes actrices que sont Jane Russel et Marilyn, mais de les ridiculiser en bon macho américain teinté de mysogine qu'il est. Chou-blanc, les deux belles font un triomphe. Le père Huston lui-même participe à ces tentatives d'assassinat avec LES MISFITS concoctés par le même Miller d'où Marilyn tira tout juste son épingle du jeu d'un film qui porta malheur à tous ses interprètes (Clark Gable, Montgomery Clift).

Ne pouvant l'atteindre par la caméra, Hollywood tenta de détruire Marilyn par la dérision en inventant Jane Mansfield. Sans succès. Il y eut tout de même sur sa route des hommes comme Billy Wilder SEPT ANS DE REFLEXION – CERTAINS L'AIMENT CHAUD, le réalisateur qui l'a le mieux comprise et protégée, ou Joshua Logan, auteur, pour moi, du meilleur film de Marilyn : BUS STOP.

Passons sur les interviews tronquées donnant une image stupide de l'actrice alors que ses déclarations étaient pleines de sagesse et d'humour. Passons sur le « décrochez-moi-ça » douteux de commérages sur fond de fesses, d'orgies, de folie douce, de paranoïa. Jamais Hollywood ne s'est autant défoncé pour détruire.

Avec succès d'ailleurs, car d'une gentille et jolie Américaine douée – mais il y eut plus fascinante et plus talentueuse – ils ont, sur fond de haine, tramé l'étoffe des mythes dont on ne se débarrasse jamais. Ils ont gagné : Marilyn pour l'éternité.

RENCONTRES

LES ACTEURS

ALAIN DELON

Il fut ma première grande star de *Spécial Cinéma*. En ce jour de décembre 1996 je me souviens dans les moindres détails de son arrivée sur le plateau il y a plus de dix ans. Costume noir, chemise rose, les traits tirés, le bleu des yeux délavé par quelques nuits blanches, le visage hermétique, tendu comme la corde de l'arc avant le tir. A l'époque, j'étais une bonne cible et les têtes d'affiche m'impressionnaient.

Lui particulièrement, lui qui véhiculait de beaux souvenirs de cinéma. De Visconti à Clément, de Melville à Losey. En prime, il sentait encore le soufre de l'Affaire (l'assassinat dans des circonstances non éclaircies à ce jour de son secrétaire) qui avait fait la « une » des journaux. Cette interview, la première avec lui, fut une corrida dont je fus un bien médiocre torero. Corrida est bien le mot qui convient, car Delon est un fauve qui fonce à la moindre égratignure, un pur-sang incontrôlable, aux réactions instantanées et meurtrières. Prudent, mort de trac, je toréai ce jour-là de loin, assurant tout juste le minimum de l'entretien. Certains soirs, il faut savoir limiter les dégâts. Depuis, nous nous sommes rencontrés une bonne demi-douzaine de fois devant les caméras de *Spécial Cinéma* et j'ai eu l'occasion de me rattraper, jouant avec lui des « coups » formidables dans des conditions que tout autre acteur aurait refusées. Nous y reviendrons plus tard.

Cela ne veut pas dire qu'un direct avec lui est une promenade de santé. A chaque fois, je suis sur le qui-vive, guettant son état d'esprit ou ses états d'âme du moment. Car Alain est un homme cyclique, d'instinct et de sensibilité extrême. Un radar qui perçoit, reçoit toutes les ondes ambiantes et après trente ans de carrière, rien ne lui glisse sur la peau. Un mot, une attitude peuvent le blesser et Delon blessé est extrêmement dangereux.

Après notre première interview, il m'avait fait l'honneur de m'inviter à dîner. Cela se passait au Parc des Eaux-Vives, chez mes amis Perret. Un garde du corps ne quittait pas des yeux l'acteur. Je découvris ce soir-là Delon hors caméra. Un homme simple, détendu, drôle, évoquant avec nostalgie sa jeunesse, les 6 jours cyclistes au Vélodrome d'Hiver de Paris, parlant avec vénération des deux hommes qui ont le plus marqué sa vie : De Gaulle et Visconti. Bien des années plus tard, quand il acheta aux enchères le manuscrit du célèbre Appel du 18 juin 40, lu à la BBC par le général, bien des imbéciles interprétèrent ce geste comme un coup de pub ou une opération politique. La vraie raison est bien plus simple. Delon ne voulait pas que ce document historique sorte de France.

Olga Horstig Primuz, imprésario de Michèle Morgan, Brigitte Bardot et Charlotte Rampling, fut à l'origine de sa rencontre à Londres avec Visconti. « Il ne l'a jamais oublié », me confiait-elle récemment. « Et son amitié et sa tendresse ont toujours été constantes. » Fidélité est peut-être avec passion le mot qui caractérise le mieux Delon. En toutes circonstances, ses amis peuvent compter sur lui. Malheur à eux si d'aventure ils trahissent, déçoivent. Ils sont irrémédiablement exclus de son univers personnel. Avec lui la chance ne repasse jamais deux fois. Il est vrai qu'il n'est pas un grand garçon tout simple. Il donne beaucoup, mais exige tout autant. Cet homme pressé fonctionne au coup de cœur et à la passion, brûlant tout ce qui est tiède ou médiocre sur son passage. Pourtant, il a ses zones de répit, notamment quand il est près de la femme qu'il aime. J'ai rarement vu un homme aussi attentif, attentionné, disponible auprès de l'élue de son cœur. Seul problème pour celle qui partage sa vie : tenir la distance avec ce TGV aux accélérations stupéfiantes. Côté courage, il n'a de leçons à recevoir de personne. J'ai encore en mémoire ses confidences sur une période difficile de sa vie. Alors qu'il avait été interrogé toute une journée par la police judiciaire après la mort de son secrétaire, il affronta le tout Paris le soir même, lors d'un gala à l'Opéra. Accompagné de Mireille Darc, il gagna sa place dans les premiers rangs. « Peu de gens me saluèrent ce soir-là » me confia-t-il. De ce jour date, sans doute, son peu d'illusion sur la nature humaine. « J'ai plus de respect pour les animaux que pour les hommes quand je vois de quelle façon ces derniers vivent. »

Prince des défis, Delon a toujours accepté les opérations les plus intenses que je lui ai proposées. Sans jamais demander les questions qui lui seraient posées et sans jamais exiger telle ou telle condition.

Ensemble nous avons fait des *Spécial Cinéma* relevant de l'impossible. Ce fut Delon face aux critiques, pulvérisant en direct toutes leurs théories. Ce fut Delon au Comptoir de Lausanne encerclé par une marée humaine qu'arrivait à grand-peine à contenir une protection identique à celle d'un chef d'Etat. Je n'ai jamais eu aussi peur que ce jour-là, Jean Dumur aussi d'ailleurs, mon regretté Directeur, qui ne refusait pourtant pas les risques. Delon face au public est un spectacle de haute intensité. D'abord parce qu'il aime la foule et qu'il vit et rayonne quand il se sent aimé. « Il faudrait que je rencontre le public plus souvent. Lui seul compte et lui seul doit me dicter ce que je dois tourner maintenant.»

Ce public justement ne fut pas au rendez-vous de NOTRE HISTOIRE de Bertrand Blier. Delon en fut profondément peiné et la non-sélection du film à Cannes déchaîna l'une de ses colères dont il a le secret. Quelques mois plus tard, il se vit désigné « meilleur acteur de l'année ». Il ne vint pas recevoir son César. Je lui fis remarquer que les professionnels présents dans la salle avaient applaudi très fort sa nomination. « Oui murmura-t-il tristement – mais seulement avec les mains ».

Protégé en apparence par un no man's land d'orgueil, Delon s'offre des traversées de solitude intérieure qu'il est difficile d'imaginer. Peut-être parce qu'il sait se tenir droit, même quand personne ne le regarde. Pudique, il assume ses blessures comme celle que représente sa rupture avec son fils auquel il s'adresse indirectement dans son film LE PASSAGE. Je ne le crois pas heureux, malgré l'argent, malgré la gloire et le succès. Dans les rares moments d'intimité que j'ai partagés avec lui, une phrase me revient souvent : « Ne soyez pas naïf, Christian ». Bien que ne faisant pas partie de ses amis intimes, il a toujours avec moi en privé une liberté de langage qui provoque la mienne. Nous nous comprenons assez bien, sur les choses essentielles. Par exemple, la tristesse de l'époque, les fausses gloires du métier, sur les travers de la famille cinématographique. « Tout fout le camp – dit-il – le respect, les valeurs, l'amitié ; la jeunesse est pourrie parce que ce sont les vieux qui dirigent tout et que les vieux ne comprennent rien à rien à ces jeunes. »

Péché d'orgueil ? « Je sais très bien où se situe mon humilité. Mon humilité, c'est ma lucidité. Je connais mes limites et je ne vais pas au-delà. »

Actuellement en break ou si vous préférez en réflexion, il cherche une voie. Mais laquelle ? Quand il sort de son image cinématographique, le public ne le suit pas : NOTRE HISTOIRE – LE PASSAGE. Il ne peut pourtant pas passer sa vie à être flic ou voyou dans tous ses films. Alors ? Le théâtre lui donne un bout de réponse dans VARIATIONS ENIGMATIQUES dont il fut l'interprète exceptionnel au théâtre Marigny devant un public médusé qui, croyant assister à un grand numéro d'acteur, fut témoin d'une magistrale leçon de théâtre.

Seulement voilà, abandonner la famille du cinéma n'est pas aussi simple. Bien sûr, il y a les sirènes politiques qui voudraient bien le séduire. Il flirte de temps en temps avec elles. Ce fut Le Pen, et puis Barre. Il veut bien montrer le haut comme dit la pub, mais de là à montrer le bas... jamais. Non, il n'ira pas dans l'arène politique. Ce taureau a trop de santé mentale, trop d'exigence pour pactiser, composer et faire le poing dans sa poche. De Gaulle et Visconti sont morts. Les souvenirs se ramassent à la pelle. Sa nostalgie s'arrête là, car les regrets ne hantent pas ses nuits, chaque matin laissant espérer un nouveau coup de cœur, quoi qu'il en dise, pour un film, une amitié ou peut-être tout simplement pour la vie qu'il croque souvent avec des rages de dent, mais avec un appétit d'enfant jamais rassasié.

Et ce n'est pas le moindre des dons que les Dieux lui ont donnés !

RICHARD BOHRINGER

Ce premier jour de mai 91 – dîner avec « la gueule » – comme le nomment les professionnels du cinéma français. Une gueule qui prend de l'espace sur les écrans. A l'âge de la maturité, Richard Bohringer ne pantoufle plus dans les queues de générique et ne sert plus la soupe, l'espace de quelques séquences, à la tête d'affiche du film.

Dans L'ADDITION, il joue à armes égales avec un Richard Berry époustouflant. Formidable duel entre deux comédiens qui auraient éclaté plus tôt si leurs passeports avaient été américanisés. Hélas ! On ne choisit pas et Bohringer est bien placé pour le savoir. Depuis vingt-sept ans qu'il cabote dans le métier, dirigeant sa barque au gré des rencontres et des envies, des déprimes et des fulgurances, des descentes aux enfers bien arrosées, et des bonnes résolutions studieuses : il a connu les mers d'huile déprimantes, les récifs sournois et les eaux troubles où l'on perd pied avec une voluptueuse attirance pour le fond. Alors, la célébrité qui le tire par la manche comme une tapineuse entêtée ne perturbe ni son « ailleurs », ni son univers présent.

L'univers présent, l'instantané alors que nous dînons à l'Auberge de Troinex, c'est un garçon et une fille : deux enfants, les siens, qu'il surveille avec l'attention d'un papa poule non dénué de sévérité. Une façon d'encaisser une traite sur le passé : « Enfant, j'ai regardé les autres vivre, moi je ne vivais pas. »

Après LES MISÉRABLES et avant LE CAVIAR ROUGE,
Spécial Cinéma célèbre le demi-siècle de Robert Hossein, avec
la présence de ses amis Frédéric Dard dit Fredo, Lino Ventura,
Jacques Weber et son épouse Candice Patou.

(Photo : Télévision Suisse Romande)

En septembre 1986, présentation, avec Yves Montand,
de JEAN DE FLORETTE et MANON DES SOURCES
au Cinéma Rex.

(Photo : Télévision Suisse Romande)

Première d'une longue série de rencontres avec Alain Delon sur le plateau de *Spécial Cinéma*.

(Photo : Télévision Suisse Romande)

Etait-ce FORT SAGANNE ou TENUE DE SOIRÉE ?
Dans les deux cas, Gérard Depardieu répondit présent à Cannes
au rendez-vous de *Spécial Cinéma*.

UNE JOURNÉE PARTICULIÈRE avec l'inoubliable
Marcello Mastroianni en 1977.

(Photo : Télévision Suisse Romande)

En 1988, avec Jean-Paul Belmondo pour la sortie de
ITINÉRAIRE D'UN ENFANT GÂTÉ de Claude Lelouch.

(Photo : Télévision Suisse Romande)

Un soir, au coin d'un bar, avec « Le piéton décapotable », Jean Carmet.

Avec Michel Serrault, en 1983, à propos de
MORTELLE RANDONNÉE de Claude Miller.

Son histoire se teinte des colorations de bibliothèques de gare revues et corrigées par Dickens et Hector Malo. Un père officier allemand pendant l'occupation tombe amoureux d'une jeune fille française – sa mère. Ils se marièrent, eurent un enfant et partirent en Allemagne sans laisser d'adresse. « Mon père me donna son nom et son prénom, j'ai fait avec ».

Une grand-mère assume l'éducation de ce sans-famille des années 50, vécues dans la grisaille d'une banlieue triste. A 12 ans, il fugue à Paris sans un sou et sans carnet d'adresses et trouve son armée du salut à Saint-Germain-des-Prés, rue Saint-Benoît.

Saint-Germain a encore un « pendant » et vit, en surmultipliée sur fond de jazz et d'imprévus qui ont nom Gérard Brach, Roger Dumas et quelques autres. Bohringer surnage grâce à eux, regardant l'époque qui s'écrit au présent, thésaurisant ces événements socioculturels dont l'éclosion en cascades transfigure la rive gauche : « La plus belle richesse d'un acteur c'est sa mémoire. »

Dans cette mémoire, les copains d'abord et surtout un homme : Charles Matton, qui lui fit tourner son premier film : L'ITALIEN DES ROSES en 1972. Aveugle pendant un an et demi, il retrouve la vue, un appétit de vivre, de tout connaître, de tout côtoyer. Il plongera sans réserve et sans restriction dans le monde des marginaux. « Maintenant quand j'entends dire : Bohringer s'embourgeoise, je suis prêt à leur filer vingt-cinq ans de ma vie. J'avais choisi la liberté de vivre à 400 km/h. J'ai bien donné dans la brûlure. Maintenant, j'ai envie de respirer un peu. »

Ce soir, il respire, un œil sur ses enfants, attentif aussi à la jeune femme qui est près de lui. Quand il parle d'elle, toute l'affection du monde passe dans l'appellation « ma compagne ». Est-ce l'amarre suffisante pour retenir cet écorché vif que le chant des sirènes ne laisse pas tout à fait indifférent : « Il faut que je m'assagisse pour mes enfants. Cela me fait mal quelquefois dans ma tête et dans mon cœur. Mais cela correspond à un besoin d'exaltation. Les bars, l'alcool, les autres, le dialogue. J'ai mauvaise réputation, en fait je suis gentil, mais pas commode. »

La profession commence à le connaître après qu'il ait écrit des scénarios ou adaptations de plusieurs films notamment UN HOMME DE TROP de Costa Gavras, composé des chansons qu'il interprète sur scène, et enregistré plusieurs disques grâce, au départ, à l'appui de Claude Zidi : « Lui et Beneix, je les défendrai toujours. » Avec Beinex, ce sera DIVA avec Truffaut LE DERNIER METRO, avec Pinoteau LA BOUM, avec Lelouch LES UNS ET LES AUTRES, avec Sautet UN MAUVAIS FILS, avec Arcady LE GRAND PARDON, avec Davis J'AI EPOUSE UNE OMBRE, avec Luc Besson SUBWAY au total plus d'une trentaine de films. « Toujours choisis parce que j'avais envie de les faire. Mon rêve serait d'ailleurs de tourner plusieurs longs métrages avec le même metteur en scène. Quand Beinex ne m'a pas pris pour LA LUNE DANS LE CANIVEAU, ça m'a fait mal, même s'il n'y avait pas de rôle pour moi. Pour choisir, je compte sur mon instinct. »

Et puis il y a la vie qu'il déguste maintenant calmement comme un gourmet longtemps sevré, une vie qui ne confond plus le jour et la nuit, une vie qu'il veut sentir s'écouler. « Je voudrais tellement m'installer en Suisse pour mes enfants, pour ma compagne, pour moi. »

Il y aura un « après » à Saint-Germain-des-Prés !

JEAN-PAUL BELMONDO

De 1970 à 1983, une lente, mais inexorable mutation, soigneusement programmée et scrupuleusement respectée, s'est opérée. Insensiblement, en dix-sept films, on est passé de Belmondo à Bébel.

Belmondo c'est Godard, Sautet, Peter Brook, Melville, Vittorio De Sica, Max Ophuls, Truffaut pour le cinéma et Claudel, Molière et Goldoni pour le théâtre.

C'est aussi l'époque du talent 18 carats qui fait de ce comédien le leader de sa génération. Un comédien à dimension mondiale si l'anglais avait été sa langue maternelle et si l'ambition de triompher hors de l'Hexagone l'avait tenté. C'est enfin un joli lot de bobines dans les rayons des cinémathèques.

Bébel est né en fait, bien avant 1970. C'est de Broca qui en esquisse le portrait dès 1961-62 avec CARTOUCHE et le précise en 1963 avec le magnifique HOMME DE RIO. Une dernière tentative en 1974 avec Alain Resnais, STAVISKY mal accueilli par le Festival de Cannes, met un terme à un cinéma dans lequel Bébel se sent moins à l'aise que Belmondo. Entretemps il y a eu BORSALINO – LES MARIES DE L'AN 2 – LE CASSE – LA SCOUMOUNE – LE MAGNIFIQUE – c'est-à-dire l'aventure, l'action, les cascades, une sorte de one man show dont le public raffole. De là va naître ce fabuleux crédit de fidélité du spectateur envers l'acteur qu'augmenteront encore : PEUR SUR LA VILLE – FLIC OU VOYOU – LE PROFESSIONNEL – L'AS DES AS.

Geôlier implacable, le spectateur ne veut pas que son héros sorte du cadre et du champ dans lesquels il aime le retrouver. Bébel le sait et veille jalousement à ne jamais dépasser les frontières admises. Son personnage est sentimental mais pudique. Pas de scènes osées, pas de scènes d'amour trop rapprochées, de la violence mais seulement pour combattre à armes égales avec les méchants.

Après, on regagne vite les sentiers de Monsieur Tout-le-Monde. De l'insolence mais pas de grossièreté, du négligé mais dans la tenue.

Avec les femmes, le personnage domine : impensable de se faire gifler. Avec les hommes, une saine camaraderie mais jamais ni peur, ni faiblesse, ni lâcheté. Quel que soit le naturalisme des scènes, toujours le faire passer par une pirouette ou un clin d'œil au deuxième degré qui rend le spectateur complice. Enfin règle d'or : ne jamais incarner des personnages sordides, antipathiques ou vaincus. LE MARGINAL répond plan par plan à tous ces critères, comme d'ailleurs les précédents.

Difficulté : alterner les rôles dramatiques et les comédies. La seconde catégorie est plus délicate, vu la difficulté à trouver un bon scénario. LE GUIGNOLO qui mettait en scène Bébel en caleçon, est apparu comme à la limite du supportable pour le public. Enfin, impératif majeur : éviter toute espèce de scène qui pourrait restreindre l'audience du film avec une autorisation se situant au-dessus de 14 ans. Ne faire qu'un film par an pour ne pas défraîchir l'image. En raréfiant le « produit », on fait naître une demande fébrile que l'on pourra canaliser et employer au moment de la sortie du film. Voilà pour le profil de la star.

En fait, Bébel, c'est l'antivedette par excellence. Mis à part les journalistes, le plateau est ouvert aux amis qui amènent leurs enfants voir leur idole. Sans mouvement d'humeur ou d'impatience, Belmondo signe des chapelets d'autographes. A Montreuil, sur le tournage du MARGINAL nous le verrons disparaître tel un ballon de rugby dans une mêlée sous une meute d'écoliers qui l'ont littéralement cerné. Charly, en tentant de le dégager, se fait enfoncer son cigare au fond de la bouche, ce qui ravit son patron. « Vous avez vu ça ? J'ai toujours eu de bons rapports avec le public. C'est normal d'avoir la patience de donner des autographes. Les acteurs qui se plaignent de cela ont tort, ils s'en apercevront le jour où on ne leur demandera plus rien. On ne doit pas se plaindre de la célébrité ou alors il faut faire un autre métier, ça fait partie de la règle du jeu, car c'est le public qui nous fait exister. »

A chaque pause, il fonce dans la roulotte qui lui sert de loge pour suivre à la TV les exploits de Roland Garros. Quand la retransmission prend fin, il chahute avec les uns, plaisante avec les autres, sans se soucier apparemment de la scène qu'il va tourner. Je lui en fais la remarque :

« J'ai besoin avant, de me défouler, si je me concentre, si je m'isole trois heures à l'avance, ça ne va pas. Quand je tournais avec Melville LEON MORIN PRETRE il m'avait envoyé dans ma loge pour me concentrer. Et bien je me suis endormi. Jadis, mes chahuts choquaient beaucoup mes professeurs au Conservatoire. Personne ne savait que pour me préparer, j'avais besoin de rire, de faire le clown. Aujourd'hui c'est pareil. »

Oui mais l'âge venant, les scénarios s'essoufflant, aujourd'hui Belmondo a admis une fois pour toute que le public commence à être saturé de l'éternel chapelet de cascades qui s'égrènent de film en film. Avant de passer le cap des années 90, il aspire à un langage nouveau plus branché, à des situations nouvelles dépoussiérées du conventionnel.

Il va s'offrir, histoire de se faire une pause, ce dont une légitime paresse née de succès trop faciles, le frustre : un retour au théâtre.

Ce contact direct avec une salle, qui paraît-il lui manque, remettrait le compteur artistique à zéro et les pendules à l'heure de son véritable talent qui est immense.

A l'heure, par exemple, de son examen de sortie du Conservatoire qui lui avait valu l'ovation de ses camarades de cours.

Mais a-t-il encore l'humilité de servir les grands auteurs avant Belmondo ?

MICHEL SERRAULT

En cette soirée d'octobre 85, il taquine sa choucroute, la fourchette inquiétante et indécise. Face à lui, on a l'impression de ne pas exister, mais d'être une réplique en escale de dialogue. Il ne converse pas, il monologue comme le faisaient jadis nos vieux à la veillée devant le feu, perdus dans quelque rêve opaque. Son rêve à lui a la turbulence et le machiavélisme de Fellini. C'est déjà du passé, mais Serrault le vit, toute choucroute ébouriffée, au présent : « Il m'a proposé un rôle dans LE BATEAU... (VOGUE LE NAVIRE). Les dates se télescopaient avec le film de Miller – MORTELLE RANDONNEE – J'ai dit non. J'en suis malade. Fellini m'a empaqueté, pesé en trois minutes et deux heures de numéro de charme. Rater ce film me donne le sentiment d'être cocu. Finalement, je me demande si je ne vais pas me rallier à la doctrine d'Ugo Tognazzi qui me dit toujours « Ne lis pas, si le film est mauvais, tu le verras après ! »

Au dessert, il enchaîne goguenard « Il dit ça Tognazzi, mais il n'est pas distrait. Pendant le tournage de LA CAGE AUX FOLLES il piquait des colères olympiennes si d'aventure les lieux de prises de vues n'étaient pas respectés. Cette CAGE AUX FOLLES on l'a jouée 2000 fois au théâtre avec Jean Poiret. Certains soirs en trois heures, une fois en une heure et quinze minutes, parce que nous avions un train à prendre pour aller à Mégève ! »

Pensif il commente : « Ce fut une belle aventure pour nous et surtout une bonne affaire pour le producteur italien qui n'a pas seulement acheté la pièce, mais aussi, et surtout, les droits mondiaux des deux personnages, c'est-à-dire le mien et celui interprété par Tognazzi. »

A l'heure de la verveine (jamais d'alcool en dehors du vin), Serrault enfourche son cheval de bataille qui galope inéluctablement vers ses souvenirs de tournage avec Jean-Pierre Mocky pour lequel il a une tendresse amusée. « C'est le type le plus étonnant que je connaisse. Il monte ses films au culot. Il a besoin par exemple d'extérieurs précis. Alors il va trouver le maire, ou l'archevêque, ou l'industriel du coin et explique que son film mettra en valeur la ville, le site, ou le palais épiscopal. Ça marche à tous les coups. Comme marche chaque fois le vieux numéro qu'il emploie pour me faire signer le contrat. Ça commence toujours par un coup de téléphone : ‹ Allo Michel ? Vous avez lu le scénario ? C'est superbe ! Alors, bonne nouvelle, vous aurez pour partenaire Sophia Loren et Alain Delon. Ils viennent de signer. C'est pas beau ça ? ›

» C'est si beau que je signe. Arrive le premier jour de tournage et l'on me dit que les uns et les autres sont malades et qu'il faudra se débrouiller sans eux. Avec les figurants, il fait encore mieux. Pour ne pas avoir à les payer, il organise un tirage au sort et à la fin du film l'un d'eux gagne une moto. C'est toujours un guet-apens, mais ça m'amuse. »

Nous nous quittons à une heure du matin – juste avant l'arrivée du flic de la gare qui veille sur nous comme une nounou, mais surtout sur l'heure de fermeture, prêt à nous coller une contredanse. Je ne lui dis rien, afin de ne pas meubler ses rêves de cauchemars, le laissant partir dans la nuit Chandlérienne où l'attend quelque part le bateau de Fellini.

GERARD DEPARDIEU

Je le retrouve comme je l'aime, détendu, lucide, chaleureux, enthousiaste comme un gamin au pied de l'arbre de Noël qui n'en finit pas de retourner son cadeau dans tous les sens. Son cadeau c'est le cinéma, cadeau inespéré qui l'a sauvé de la marginalisation et des terrifiantes descentes aux enfers.

On évoque le tournage de FORT SAGANNE en Mauritanie, véritable western truffé d'incidents multiples, il enchaîne sur un sujet qui lui tient à cœur : Sophie Marceau, sa partenaire du film. « Elle a un talent inouï, tu verras, elle fera trois carrières. Souviens-toi de Romy dans les SISSI. Qui aurait imaginé ce qui allait suivre. Et bien Sophie, tu vas en entendre parler. »

Le voici en version « force tranquille », bien dans sa peau, en escale de Molière.

En gerbes désordonnées, tel un bouquet improvisé, les souvenirs affluent. Défile alors en vitesse accélérée cet époustouflant parcours : plus de cinquante films avec les plus grands, de bons films et de moins bons films.

Cette explosion de gloire dont le souffle quelquefois peut tuer : « Heureusement j'avais une santé de fer et les coups, tous les coups, je les ai encaissés. L'expérience : je l'ai payée comptant. Tous n'ont pas eu cette chance. »

Tu penses à Patrick (Dewaere) ?

« Je pense aussi à Isabelle (Adjani) qui joue avec sa vie. Tu me diras que moi je joue avec la démesure, mais ce n'est qu'une parenthèse de respiration, un corps à corps avec la vie, le quotidien, les gens, une manière aussi de me faire des bosses pour sentir que j'existe hors de l'image glacée de l'écran ».

Sa joie immédiate c'est le magazine américain « Time » qui lui a consacré sa couverture : « L'Amérique, il faut que je me frotte à elle. Tu sais que DANTON et LE RETOUR DE MARTIN GUERRE ont fait un grand succès là-bas. Mais ce n'est pas suffisant. J'ai pas mal de projets. Si ça marche, j'aurais fait ma percée américaine. »

En ce début 86 son calendrier affiche complet: « Peut-être un film avec Blier, à condition qu'il revienne à son style incisif et prenne des risques ; un petit tour chez Truffaut si sa santé s'améliore. J'oubliais Pialat, (LOULOU – POLICE). C'est vrai on s'est bien engueulé, mais je tournerai avec lui SOUS LE SOLEIL DE SATAN, car c'est un sacré bonhomme. »

Comme il ne sait pas dire non, les prochaines années seront hypothéquées par de nombreux bouchons sur l'autoroute de sa carrière, laquelle fonctionne au coup de cœur, au coup de risque, sans arrière-pensée de box-office, sans préméditation de fabriquer son image dans le public.

A minuit pile, il quitte la table pour regagner son hôtel. Il part solitaire, à longues enjambées, de sa démarche terrienne, humant l'air glacial, croisant quelques attardés qui ne le reconnaissent pas.

Présent, le réalisateur Alexandre Arcady, songeur, le regarde s'éloigner : « Ce n'est pas possible qu'un jour ou l'autre je n'aie pas la chance de l'avoir devant mes caméras. »

ROBERT HOSSEIN

Robert Hossein choisissant son menu – lunettes sur le bord du nez – visage d'écolier appliqué séchant sur sa version latine avec un recueillement ponctué d'interrogations qui passe au-dessus de la tête du maître d'hôtel, fasciné par cette voix qui aimante l'attention des femmes. Hossein à table c'est déjà, du théâtre. On ne converse pas avec Hossein, on s'agrippe à sa chaise tel un passager du grand huit, à son siège, et on serpente à cent à l'heure sur un parcours verbal tourmenté où les virages empruntés, les courbes, relèvent des tribulations du métier, et où les descentes plongent dans des coups de gueule passionnés pour évoquer une injustice, un projet, une sensation ou une douleur à l'âme mal cicatrisée. Il y a aussi les zones douces du trajet avec de brefs tunnels hantés d'ombres à peine aperçues puis l'accélération revient et vous emporte sur coussins d'air vers une galaxie où l'enthousiasme gomme nos dérisoires préoccupations de terriens.

Pour l'heure il investit Genève pas à pas comme un promeneur humant l'air du temps avec une retenue de gourmet peu pressé de se mettre à table. La ville l'intrigue et quelque part l'angoisse, comme une étrangère qui camouflerait son identité sous la confortable et pratique insignifiance qui s'appelle l'amabilité. Comme il ne peut se permettre de camper sur les apparences, il a mis en alerte tous ses radars slaves qui captent les moindres pulsions de la ville pour dessiner l'électrocardiogramme de la cité.

La cité sera l'un des principaux personnages de son prochain film LE CAVIAR ROUGE dont le tournage débute dans un mois à Genève. Un personnage clé qui servira, sur fond de quotidien aseptisé, de contraste aux péripéties vieilles comme l'humanité qui régissent les mouvances du cœur entre un homme et une femme.

J'écoute le film dont il a co-écrit le scénario avec son frère de coeur Frédéric Dard. Ensemble ils ont traversé l'arc-en-ciel des teintes douces ou violentes de la vie. A travers le scénario deux parcours d'homme se rejoignent, confluent d'angoisses, de joies, de peines parfois, de truculences, de complicités et de quelques modestes certitudes dont la plus importante est de savoir que rien ne dure et que la vie doit faire la « une » tous les matins. A travers cette collaboration d'écriture s'est sans doute implicitement dessiné, sans que l'un et l'autre ne l'ait prémédité, le bilan de chacun.

On trouvera donc atomisé dans la structure des personnages, une réaction de l'un, un silence de l'autre, plus quelques rhumatismes de l'âme qui se réveillent quand personne ne les regarde. Ce ne sera pas le moindre intérêt de ce film, terrain de retrouvailles d'un saltimbanque sans fortune et d'un nomade sédentarisé qui résiste aux appels de l'errance.

Hossein est déjà ailleurs, derrière sa carméra. Elle regarde les enfants nourrissant les cygnes de l'île Rousseau puis lentement monte pour embrasser le Pont du Mont-Blanc et sa circulation frénétique avant de terminer son périple sur la façade de l'Hôtel des Bergues. « La ville filmée pendant trois minutes de plans-séquences comme elle ne l'a jamais été ». Il poursuit et j'écoute. Les personnages naissent par une réplique ou une situation précise minutieusement décrite. Cette évocation du film alors qu'aucun mètre de pellicule n'est imprimé est un moment de grâce privilégié.

En quelque sorte une virginité de la création avant que ne surgissent les problèmes violeurs inhérents à toute réalisation.

A cet instant rien n'hypothèque les désirs du metteur en scène. Inestimable prélude de perfection avant que les inévitables impondérables ne rétrécissent la folie du rêve. Ces moments privilégiés où le réalisateur dessine l'image à haute voix dans un monologue passionné qui lui fait oublier les autres, fait « écouter » un film parfait que le spectateur ne verra jamais. J'ai entendu depuis dix ans, Leone, Sautet, Lakdar Hamina, Zulawski, Verneuil et quelques autres, rêver ainsi éveillés. J'ai vu leurs films ensuite, comptabilisant le tribu payé à la concrétisation du rêve sur l'écran.

Depuis lors je sais pourquoi il n'y a pas de metteur en scène tout à fait heureux à la sortie d'un film, quel que soit l'accueil du public.

Tous ont envie de le refaire pour retrouver les images initiales dont il faut souvent se délester pour arriver au bout.

Et c'est peut-être pour cela ce soir que Hossein prolonge d'un silence cette parenthèse où le film vit tellement fort avant, juste avant d'exister.

Nous sortons les derniers.

Dehors Genève attend son rôle. Le rêve passe.

YVES MONTAND

Montand 87 c'était le triomphe de JEAN DE FLORETTE et de MANON DES SOURCES plébiscités par le public et oubliés par les Césars. Son investissement avait été considérable dans ces deux films, comme en témoignaient Berri et Auteuil et comme j'avais pu le constater lors de son passage devant les caméras de *Spécial Cinéma*.

Peu importe, l'homme savait donner sans intérêt, quand brillait dans sa prunelle cette excitation méridionale, qui lui faisait retrouver tout naturellement l'accent de sa jeunesse. Et ces retrouvailles avec Pagnol ont redonné à l'acteur l'envie de tourner, envie qui avait tendance peu à peu à s'estomper.

Plus important était l'homme Montand. Un homme de passion et de doute en délicatesse avec les idéologies, méfiant sur le réchauffement des vents soufflant de l'Est et en désinchronisation totale avec les flots lénifiants coulant des robinets médiatiques. Je l'imaginais tel un volcan qui ne peut rejeter sa lave, bouillonnant de mille coups de gueule rentrés à l'écoute des prophètes pastellisant de rose et de bleu le présent et le futur de cette fin de siècle. De temps en temps, la lave jaillissait du volcan pulvérisant l'illusion de sérénité construite laborieusement contre sa nature mois après mois.

Car Montand ne réussissait jamais à être, comme le disait l'autre, « politiquement convenable ». Ces éruptions incontrôlables irritaient, dérangeaient, et faussaient les règles du jeu d'un monde habitué aux petites phrases perverses, aux sous-entendus hypocrites et à la caméléonisation indexés sur l'air du temps.

Comme il savait manier les mots qui touchent et vulgariser les problèmes, son impact redoutable semait une belle panique dans la panurgite environnante.

On lui faisait payer par petites traites subtiles ses insolences du cœur et ses révoltes lucides. Ce Don Quichotte auquel n'échappait aucun moulin suspect, ce Cyrano « qui est monté très haut et tout seul » flirtait de temps en temps avec Machiavel quand la cause était importante et nécessitait de métamorphoser l'homme pressé qu'il était, en flâneur apparemment ailleurs, préoccupé par sa seule partie de pétanque à Saint-Paul-de-Vence. C'était sans doute la plus difficile cohabitation entre sa passion et sa raison.

Restait Montand, hors champ médiatique, le méridional spontané, direct, drôle, généreux, aux intonations encore colorées de jeunesse qui faisait le pied de nez au temps qui passe. En ces instants, tout le visage parlait. Les yeux surtout qui riaient avant la bouche avec des reflets de roublardise complice, les mains qui pianotaient sur le clavier de la conviction et surtout le rire étouffé, échappé d'un fond de gorge identique à son ami le poète (Prévert) qui préface le fameux : « Je me tue à vous le dire. Laissez-le mourir. »

OLIVIER MARTINEZ

Olivier Martinez repéré par Beneix – qui a l'œil pour découvrir – débute au cinéma dans IP5 face à Montand qui interprète son dernier rôle. Le grand Yves qui ne manque pas de flair devine que son jeune partenaire a un bel avenir cinématographique si, plus prudent que James Dean, il admet que la route est dangereuse surtout quand on chevauche à moto les autoroutes « où les automobilistes ne regardent jamais leur rétroviseur ». Premier avertissement : une belle culbute et deux mois immobilisé. Le temps de réfléchir et de vieillir un peu, un tout petit peu.

Lors du tournage de IP5 Montand l'a couvé, entouré : « J'étais stupéfait qu'une star de cette importance s'occupe de moi. D'ailleurs ce n'était pas une star mais un homme à l'écoute des autres ». Entre l'ancien et le môme, le courant a passé naturellement, peut-être que leurs origines modestes ont contribué à cette rencontre que le jeune acteur n'oubliera pas.

Olivier Martinez fait ses gammes au cours Florent dans la classe de Francis Huster. L'élève ne sait pas encore qu'il interprétera ce « Hussard » dont le maître a rêvé tout comme Delon et bien d'autres. Entrée au Conservatoire de Paris où il travaille trois ans avant d'être débauché par Beneix pour IP5.

Le film rencontre un succès d'estime mais n'échappe pas à l'œil de Bertrand Blier qui sent que Martinez a l'étoffe d'un Brando, le Brando de SUR LES QUAIS avec en plus le registre romantique qui lui permettra un jour de jouer tout le répertoire de Gérard Philippe. Cocktail explosif de ce comédien qui décroche avec 1-2-3-SOLEIL le César du meilleur jeune espoir masculin 1994 et surtout le Prix Jean Gabin :

« Tout cela n'a pas beaucoup d'importance, je suis acteur, je joue, je m'amuse. »

Il s'amuse aussi au Théâtre avec RICHARD III. C'est justement au théâtre que Jean-Paul Rappeneau le voit pour le première fois. Depuis des mois il cherche désespérément le comédien qui pourra incarner Angelo le héros du HUSSARD SUR LE TOIT. Des milliers de photos lui ont été présentées sans succès. Sauf une, celle d'Olivier Martinez, que son assistante lui remet sous les yeux avec persévérance et conviction. D'accord dit le réalisateur comblé de CYRANO, de TOUT FEU TOUT FLAMME de LA VIE DE CHÂTEAU du SAUVAGE, allons-y pour un essai.

Olivier Martinez passe ce premier test. C'est un échec complet. « Je n'étais pas concentré et surtout je n'étais pas imprégné du livre de Jean Giono ». Ses chances sont compromises, mais il lui reste le temps qui va travailler pour lui. Rappeneau poursuit son travail d'adaptation et parallèlement fait passer des essais à toutes les « belles gueules » de Paris. Vincent Perez manque de très peu, de décrocher le rôle. Mais Rappeneau gamberge toujours et décide de revoir Olivier. Le deuxième essai est transformé, Martinez sera « le Hussard ».

Du coup il passe de la moto au cheval – excitant, enivrant – et fait son université en apprenant le sens des mots. « Pour savoir ce qu'était exactement un gentilhomme, j'ai visité le Musée des Invalides. Là, j'ai tout compris et le sens des mots que j'avais à dire ne m'a pas échappé. » Il ne veut pas savoir qu'il porte sur ses épaules le budget le plus lourd de toute l'histoire du cinéma français (45 millions de francs suisses) et ne se prend pas la tête en pensant aux chiffres du HUSSARD :

70 000 km de repérages

130 jours de tournage répartis sur 10 départements et 50 communes
100 décors
une équipe technique permanente de 100 personnes
1000 costumes confectionnés pour les besoins du film.

Olivier ne pense qu'à jouer, à être l'autre : un homme qui fuit ses assassins, traverse une Provence ravagée par le choléra, rencontre une belle jeune femme (Juliette Binoche), des personnages étranges (Depardieu, Jean Yanne). Il s'investit en jetant toute sa jeunesse et son enthousiasme dans le personnage. Présent sur l'écran 2h15 durant, il a des instants sublimes et des moments d'essoufflement. Peu importe on le suit, il nous emmène faisant surgir d'Artagnan ou Lorenzacio, Cartouche ou Zorro. Il est tout cela irradiant de santé, d'appétit de vivre, invulnérable, indestructible face à ce choléra meurtrier.

Il est l'espoir.
Il est Magnifique !

CHARLTON HESTON

Quand l'une des plus grandes stars d'Hollywood consent à traverser l'Atlantique, il y a toujours une bonne raison. Souvent, ce genre de voyage sonne le glas des heures de gloire, quelquefois ce n'est qu'une escapade touristique qui transite par Rome et Paris, ou un festival et une rétrospective de cinémathèque qui constitue de bons prétextes pour respirer loin de la dure réalité professionnelle américaine le parfum d'une célébrité pas encore tout à fait évaporée sur le Vieux Continent. C'est un constat cruel, mais hélas vrai. Dans le cas de Charlton Heston, c'est bien plus simple et il ne le cache pas : « Mon fils a écrit le scénario de LA FIEVRE DE L'OR, il est normal que je fasse le maximum pour le film ». Normal en effet. Jadis, Kirk Douglas avait fait le même investissement personnel pour sa progéniture. Ce qui prouve que Hollywood a le sens de la famille. Il a aussi le sens des affaires, le camarade Charlton, à moins que ce ne soit son agent Helmer Citron, un sens si aigu qu'il est aujourd'hui sans doute l'acteur le plus riche du monde. Depuis longtemps, il a résolu le fameux problème des droits de suite, pour lesquels les comédiens américains se sont mis en grève il y a quelques mois, en ne touchant qu'un très faible cachet à la signature du contrat (entre 200 000 et 300 000 dollars) mais en exigeant 10% sur les recettes. Quand on a tourné BEN HUR – LE CID – LES DIX COMMANDEMENTS – LE PLUS GRAND CHAPITEAU DU MONDE – AIRPORT 75 et quelques autres artilleries du même calibre on se retrouve recordman des entrées et multi-millionnaire... en dollars.

Cela n'empêche pas l'intéressé d'avoir du cœur. Qui sait, par exemple, qu'il a abandonné son salaire pour que Sam Peckinpah puisse tourner MAJOR DUNDEE ?

Politiquement engagé « je ne suis ni démocrate ni républicain, je vote pour le meilleur », il n'a pas spécialement apprécié la victoire du candidat noir à la mairie de Chicago : « On pouvait trouver mieux que cet homme dont le passé n'est pas net et cela n'a rien à voir avec la couleur de sa peau. » Lui se défend avec humour de toute visée vers la Maison-Blanche, mais l'exemple de son copain Reagan lui a sans doute donné quelques idées qui vagabondent peut-être vers le poste de gouverneur de la Californie. Comme il est bien meilleur acteur, c'est une ambition relativement modeste. Il est vrai que les hivers de Washington sont détestables.

Par contre, le printemps du Mont-Saint-Michel l'attire en ce mois de mai 83 : « Je ne le connais pas et j'ai l'intention de m'y rendre pour oublier les sueurs que m'ont causées les Oscars. Ce n'est pas une sinécure que de présenter une telle soirée. Nous préparons nos textes et nos commentaires sur les films. C'est du travail, beaucoup de travail. » Professionnel jusqu'au moindre détail, disponible quand il travaille (j'ai pu le constater), bien au-delà des limites de la patience ordinaire. Je lui glisse en le quittant un tuyau à l'oreille : Téléphonez à Cravenne. Je suis persuadé qu'il vous engage l'année prochaine pour la soirée des Césars !

Les Césars... Qu'est-ce que c'est ?

MARCELLO MASTROIANNI

La plus grande qualité de Marcello Mastroianni était d'assumer et sa condition d'acteur et lui-même. Entre la ville et l'écran, pas de double langage et pas de mauvaises surprises. Devant la caméra et hors caméra, pas de modulation dans le propos, pas d'aseptisation des vérités – aussi dures soient-elles à formuler – et surtout pas de flirt avec la langue de bois que le monde du cinéma sait à l'occasion pratiquer avec plus de subtilité que les politiques.

Lui n'empruntait pas les méandres de la complaisance pour dresser les bilans lors de notre troisième rencontre au Festival de Cannes 1990 :

« Je ne suis pas fier de moi, compte tenu de la chance que j'ai eue. J'ai tourné des rôles stupides et j'ai manqué de rigueur dans mes choix ».

Je protestais en lui récitant sa filmographie dans laquelle se côtoient le gotha du cinéma italien :

« Plus les films très mauvais qui ne sont jamais sortis d'Italie. Heureusement ! ».

Alors, est-ce l'argent qui est à l'origine de ces zones d'ombre ?

« On fait des films pour se sentir toujours comme au départ. Il arrive aussi de tourner pour de l'argent, pour acheter une voiture, une maison, une piscine. Mais dans mon cas un film a été souvent un acte d'amour suivi d'une trahison parce que le résultat n'était pas bon. Aujourd'hui, je suis libéré de l'argent, car je sais qu'il ne résout rien. Je suis par contre toujours tributaire de la réussite ou non réussite d'un film. »

Le théâtre il connaissait bien pour lui avoir consacré les dix premières années de sa carrière avant d'être kidnappé par le cinéma. Sous la direction du grand Visconti, il a joué sur scène UN TRAMWAY NOMME DESIR – ONCLE VANIA – LA LOCANDIERA – LES TROIS SŒURS, plus quelques Shakespeare : « Sans mérite avec de tels auteurs et un tel maître ».

Vieillir l'irritait : parce que c'est injuste. Parler de LA DOLCE VITA, un sex-symbol ne l'enchantait pas :

« Ça me fait vieillir de l'évoquer et puis ce n'est pas le film que je préfère. J'ai un faible pour HUIT ET DEMI – DIVORCE A L'ITALIENNE – et DRAME DE LA JALOUSIE . »

Mais tout de même Fellini était son ami et son complice :

« Avec lui on s'amuse. C'est comme à l'école, on fait des farces au maître ou à la maîtresse. Un acteur qui souffre avec Fellini n'est pas un grand acteur ».

Sa distanciation vis-à-vis de LA DOLCE VITA provenait surtout de l'image « latin lover » que le film avait projetée de l'acteur :

« Allons donc, dans la majorité des films je suis impuissant ou victime des femmes. D'ailleurs, le machisme italien est une légende. Je dis toujours à mes amies étrangères : Si un Italien te drague, propose lui d'aller au lit tout de suite. Tu le verras partir en courant. »

N'empêche que pour détruire la légende, il avait choisi volontairement des films provocateurs chez l'explosif Ferreri. Peine perdue, il était encore et toujours la proie des femmes :

« Quand je m'attache, elles foutent le camp – ce qui explique une misogynie avouée spontanément – Normal, tous les hommes le sont ».

Une citation pour l'Oscar à Hollywood pour UNE JOURNEE PARTICULIERE et deux grands prix d'interprétation à

Cannes – DRAME DE LA JALOUSIE – LES YEUX NOIRS – n'étaient à ses yeux que des médailles en chocolat :

« C'est très important d'être reconnu officiellement par les siens, c'est excitant, mais on a l'impression détestable d'être des animaux dans un cirque ».

Hollywood par contre le hérissait :

« A mon premier voyage, je pensais rencontrer des acteurs célèbres, j'ai vu des villas, des boulevards et des flics qui m'arrêtaient parce que je marchais dans la rue. En fait j'ai eu l'impression d'être dans un musée. ».

Le cinéma italien l'inquiétait aussi.

« Pour assurer une bonne relève d'acteurs ou d'actrices, il faudrait, comme j'ai eu la chance de la rencontrer, une nouvelle génération de dix à quinze metteurs en scène. »

Contre la vie qui coule et le temps qui passe, il possédait un vaccin miracle au pouvoir magique, celui d'annuler les limites et les échéances :

« – Les personnages – ces bouées auxquelles je peux m'accrocher ».

Un fabuleux passeport pour l'immortalité !

RENCONTRES

LES CINÉASTES

CLAUDE GORETTA

LA MORT DE MARIO RICCI, film de Claude Goretta représentera la Suisse au Festival de Cannes 83.

Je sais que le metteur en scène s'est étonné de ne pas me voir un jour ou deux sur le tournage qui s'est déroulé dans le Jura, d'autant plus que la Télévision Suisse Romande en est coproductrice.

A cela deux raisons. La première est que l'auteur de LA DENTELLIERE déteste voir son univers de travail perturbé par une présence étrangère. Il ne le dit pas, mais mes radars l'ont parfaitement ressenti lors des prises de vues de PAS SI MECHANT QUE ÇA, il y a quelques années. La seconde raison relève de l'égoïsme du spectateur que je suis. Suivre un tournage, c'est hypothéquer les joies futures de la projection où l'on n'arrive pas tout à fait innocent.

Comment ressentir avec la même force ce coup de poing qu'assène ce grand spécialiste de la faim dans le monde (autre personnage du film) convié à toutes les grandes conférences de la planète, interlocuteur des chefs d'Etats qui n'arrive même plus à clamer son indignation devant la caméra parce qu'il sait depuis longtemps que tout le monde s'en fout et verse des larmes de crocodile sur ce scandale permanent. Oui, comment le ressentir si on a été témoin des deux ou trois prises de la séquence ? Comment pénétrer et s'installer progressivement dans le village jurassien où se déroule l'action, comment cerner peu à peu ses habitants dans leurs travers et leurs turpitudes, guidé par ce fabuleux anthropologue de son propre pays qu'est Goretta, toujours témoin, jamais procureur, toujours à l'écoute de ses personnages qu'il dessine avec le fusain de la tendresse et le feutre de la rigueur. Enfin, comment se faire envelopper quand la magie de la fiction a été déflorée par le voyeurisme du reportage ?

Impossible de digérer le film, d'une construction limpide, accessible à tous et pourtant terriblement machiavélique. Goretta a semé ici ou là quelques petites bombes à retardement qui n'en finissent pas d'exploser et de raviver notre réflexion.

Que dira la chronique spécialisée de LA MORT DE MARIO RICCI ? Je n'en sais trop rien. Je sais simplement que le film m'habite et passe et repasse dans ma tête quand je dîne le soir même de la projection avec Gian Maria Volonte.

Sa rencontre avec Goretta fait sans aucun doute partie de ces zones privilégiées que ne retranscrivent pas les filmographies des comédiens, parce que cela ne s'explique pas et ne se commente pas.

A deux heures du matin nous nous quittons. Rendez-vous est pris devant les caméras de *Spécial Cinéma*, pour mettre peut-être des mots sur les silences.

DANIEL SCHMID

Daniel Schmid est sans doute notre plus grand cinéaste actuel, celui en tous les cas dont l'itinéraire me touche et m'intéresse le plus. Son film LE BAISER DE TOSCA me réveille l'esprit et le cœur.

Spécial Cinéma diffusera HECATE son dernier long métrage de fiction. On reparlera sur le plateau de la célèbre cover-girl Lauren Hutton qui bourlingue à travers les continents pour glacer son look magique sur les couvertures des magazines. Il protestera de son innocence quand je l'accuserai d'avoir été machiavélique en coiffant Giraudeau dans le film, comme l'était Delon dans LE SAMOURAÏ. Vous avez dit hasard mon cher Daniel ?

Une soirée qui d'avance me remplit de joie, car je sais qu'il a des choses à dire sur BARBE BLEUE qu'il met en scène au Grand Théâtre (quel flair Monsieur Gall) et surtout LE BAISER DE TOSCA un documentaire d'une heure et demie tourné en 35mm, autrement dit format cinéma. Présenté sur la grande place au festival de Locarno 84 LE BAISER DE TOSCA a reçu une ovation qui fera date dans les annales de la manifestation tessinoise.

Reste maintenant à espérer que le public, le grand public, ne le laissera pas tomber au moment où les cinémas romands le mettront à l'affiche. Car enfin rien n'est plus bateau que ce thème : la Fondation Verdi à Milan qui accueille ceux qui ont bien mérité de l'art lyrique : cantatrices, ténors, musiciens aux carrières plus ou moins prestigieuses, aux souvenirs qu'une mémoire sélective restitue de façon plus ou moins précise. Pas de quoi s'attarder 90 minutes sur ces anciens combattants de la scène que des feux de rampe mal éteints éclairent encore par intermittence.

Et bien si, justement il faut s'arrêter chez eux le temps du film pour partager leur quotidien. Bouder LE BAISER DE TOSCA c'est se priver d'émotions et surtout d'une formidable leçon d'exercice de style cinématographique, leçon si brillante qu'elle sert le sujet avant de se servir elle-même et que de ce fait elle n'apparaît jamais tout en étant omniprésente.

Merci Daniel de nous avoir appris les bonnes manières. Et merci au documentaire – perpétuel ressourcement des cinéastes comme l'expliquait Wenders – qui rééduque aussi notre regard de toutes les pollutions visuelles qui nous agressent.

Daniel Schmid doit tourner au plus vite pour que nous puissions continuer à espérer.

JEAN-LUC GODARD

« Silence on tourne ! NOUVELLE VAGUE première. »
Octobre 89. Je reviens de la « Cité Interdite » où Delon et Godard tournent, dans le plus grand secret, ce film qui fait bruisser de rumeurs, tous les gens bien intentionnés de la profession. Tout Paris attend l'affrontement entre deux hommes aux caractères affirmés, dont le mariage cinématographique... et médiatique a fait beaucoup jaser.

Visage fatigué (son personnage oblige) barbe en rupture de rasoir, paupière lourde, le « guépard », dont le bleu de l'œil trahit l'excitation intérieure, s'est drapé dans une sérénité trompeuse pour un pacte de non-agression vis-à-vis du dompteur.

Mais attention le fauve est en perpétuelle alerte. Il regarde, s'étonne, s'amuse, sans dire un mot, laissant ses traits de samouraï commenter ses impressions. Visiblement, il est intrigué par ce martien tranquille qui enchaîne les prises sans état d'âme apparent. Delon s'éclate comme il dit.

A la première rencontre, il n'a pas fait dans la dentelle, demandant à Godard « Soyez mon Karajan, je serai votre instrument ».

Le maître, qui n'est pas né de la dernière averse, a pris note, sans oublier que ce soliste n'interpréterait pas n'importe quelle partition.

La partition justement arrive souvent dans un ordre non prévu. Elle déroute l'acteur qui ne retrouve pas son rail et se trouve obligé de puiser dans ses ressources, pour donner, au lieu de paraître. C'est le but.

Secrètement il demande à son metteur en scène « étonnez-moi ». Pas de déception de ce côté-là, et les non-dits du samouraï en disent plus long que tous les commentaires.

Et Godard ?

Olympien, calme, il indique les scènes sobrement, en instaurant une distance, plutôt un no man's land avec son interprète. Seule, la caméra médiatrice paraît être le lien de communication entre les deux hommes. L'œil rivé à la caméra, il donne ses indications avec sa voix inimitable. Il ne dit pas « moteur », mais « moteur demandé ». Il ne clame pas « action » mais « allez-y ». Pas un mot plus haut que l'autre. Il installe lui-même le travelling en bon artisan soucieux du moindre détail. Pas de cinéma ici, autour du cinéma. L'équipe est réduite et le cirque inhérent aux tournages est totalement absent. C'est reposant, le plateau de Godard, même si l'angoisse bouillonne à l'intérieur du créateur.

Un cigare s'allume alors que l'on change l'axe de la caméra. Delon lui, s'évade dans sa concentration. Absent, parti pour quelque voyage secret. Faux, l'œil s'ouvre, le fauve est en éveil. A dix mètres de lui, le dompteur tourne le dos. Une sorte de fascination ambiguë meuble le silence, rompu soudain par un neutre : « Moteur demandé ».

CLAUDE CHABROL

Depuis longtemps, Chabrol regarde la France profonde des provinces derrière ses volets clos, au-delà des torpeurs trompeuses des sages sous-préfectures.

Donnez-lui un notable, son imagination fait le reste, transformant la « locale » en tragédie grecque.

Ayant enfin trouvé son Maigret en la personne de Jean Poiret, il décape à l'acide sulfurique du dialogue les fausses confidences et pourfend d'attaques feutrées les pudibonderies camouflant des abîmes de refoulement.

Tout cela le plus civilement du monde sur ton de badinage et bonnes manières assassines.

Poiret, flic obnubilé par la cuisson des œufs, glisse, tel un danseur mondain, de suspect en suspect, tissant avec un cynisme réjouissant la toile où se piégera l'assassin.

Classique, mon cher Watson ! Non, car décidément Chabrol a une mentalité douteuse, ce qui veut dire qu'il doute de celle des autres, notamment des innocents plus coupables à ses yeux que le coupable.

Outre Poiret, Brialy, Bernadette Laffont et Jean-Luc Bideau semblent bien s'amuser à jouer à cache-cache avec ce diable d'inspecteur auquel, juré d'assises, je collerais dix ans ferme sur simple présomption de ce qu'il sera capable de commettre plus... tard...

Chabrol lui s'en moque. Le grand prêtre de la nouvelle vague médite déjà sur son prochain film, horizon : les années 90.

Les cinéphiles, eux, patients, se font une raison en attendant la prochaine moisson.

FRANÇOIS TRUFFAUT

Il était la force tranquille du cinéma français, qui traçait, tel un homme de la terre appliqué, son sillon dans la pellicule qu'il impressionnait de bouffées d'enfance volée et de pulsions d'amour brûlant. Il fut jadis le justicier implacable, pourfendant dans les colonnes des « Cahiers du Cinéma » et « D'Art » des films d'où, selon lui, n'émanait que le mépris.

François Truffaut critique était-il satisfait de l'œuvre du cinéaste :

« J'aimerais mieux mes films si j'en étais spectateur et non pas auteur. La recherche de la perfection est peut-être stupide, mais elle est nécessaire. Je me dis toujours que je pourrais me rattraper. Sans doute, les restes d'une éducation basée sur la culpabilité. »

Quelques hommes – Renoir, Cocteau, Hitchcock, Lubitsch – ont imprégné l'esprit de Truffaut de leur influence :

« Cocteau m'a apporté la poésie, Hitchcock la peur et l'opposé du documentaire, Renoir la vie et la compréhension des autres, Lubitsch la leçon de style et le romantisme qui s'oppose à la vie ».

Une phrase revient souvent dans les livres et biographies consacrés au cinéaste : « Truffaut, vieux jeune homme triste qui ne vit que par le cinéma ». Un sourire visuel (il sourit avec les yeux) préface le commentaire de l'intéressé :

« Je ne suis pas sûr d'être triste, mais par contre il est vrai que je ne vis que pour le cinéma. C'est maladif et oppressant.

Je ne sais rien faire d'autre. Tout a été vers le cinéma et pour le cinéma. J'en souffre un peu, c'est ma destinée. On est frustré du reste de la vie, mais il faut croire que je n'appréciais pas le reste de la vie. »

L'écriture aurait pu l'accaparer. Il lui arrivait de publier quelques ouvrages et surtout d'écrire ses scénarios, pourtant l'élément cinématographique le reprenait :

« Avec le cinéma on peut montrer des choses magnifiques, c'est sa supériorité. On donne aussi l'impression de ne pas être responsable à la différence de l'écrivain ou du peintre. Il y a donc quelque chose de très pudique dans cet art qui me plaît. »

Les thèmes de ses films ne varient pas beaucoup et cet homme qui avait peur des adultes, mais qui comprenait les enfants et était compris d'eux, avoue :

« Je navigue entre les histoires d'amour et les histoires d'enfants parce que les autres histoires on ne peut les raconter qu'une fois. Une histoire d'amour n'est jamais la même. »

Tout le monde sait aujourd'hui que LES 400 COUPS sont pour une très large part autobiographiques et que l'enfance reste le thème dominant de son œuvre :

« Les enfants vous font des cadeaux fabuleux à condition d'être très souple. Pour L'ARGENT DE POCHE j'ai tourné 50 000 mètres de pellicule pour en garder 2000. »

De temps en temps, il faisait l'acteur devant sa caméra : L'ENFANT SAUVAGE et LA NUIT AMERICAINE.

« C'est un grand plaisir. Celui d'avoir le contrôle absolu. On prend les décisions devant la caméra et non pas derrière. De là, naît un sentiment de liberté. »

Bien que n'ayant pas beaucoup d'affection pour la société dans laquelle il vivait, il n'en souhaitait pas pour autant sa disparition et réfutait l'étiquette de cinéaste bourgeois : « Je me préoccupe peu des classifications, car je suis en règle avec moi-même. On confond trop souvent l'idée de société et l'idée de civilisation. Je ne pense pas que la société soit juste, mais l'idée de civilisation est bonne. Je l'ai d'ailleurs exprimé clairement dans L'ENFANT SAUVAGE.

FARENHEIT 451 – est un hymne à la culture, un façon de préciser :

« Les idées de contre-culture sont des idées de luxe pour des gens qui ont été gavés de culture. Mes personnages le plus souvent ont été privés de culture, ils font donc un trajet inverse. Ils ont été écartés de la société, ils souhaitent y entrer. C'est peut-être la raison qui me vaut l'étiquette de cinéaste bourgeois. Mais la vie c'est de se faire accepter. »

Chef de file historique (avec quelques autres) de la nouvelle vague, il constatait aujourd'hui, malgré certaines promesses non tenues, malgré quelques talents disparus ou dilapidés :

« Cette nouvelle vague a fait des conquêtes qui ne sont pas perdues. Avant, sur dix films produits, huit n'avaient qu'une ambition commerciale, aujourd'hui la tendance s'est renversée même si les œuvres ne sont pas toujours au niveau de l'ambition. »

Dans son bureau des « Films du Carrosse », entouré de livres et la tête pleine de projets, pour cette année 84 et pour les années à venir, François Truffaut supportait mal une activité réduite de cinéaste :

« Ce n'est pas un métier que l'on abandonne facilement. Je n'aurai jamais la sagesse d'arrêter même si on fait mourir les choses en les filmant. »

CLAUDE SAUTET

Qui n'aime pas Claude Sautet, ce musicien écorché vif du quotidien, dont les gens ordinaires, ni héros ni marginaux, écrivent de film en film la partition ?

Nous sommes tous, en effet, reliés par un lien invisible aux personnages des CHOSES DE LA VIE, de CESAR ET ROSALIE, de VINCENT FRANCOIS PAUL ET LES AUTRES, de GARÇON ou de MAUVAIS FILS.

Œuvre après œuvre, Sautet distille sa mélodie tendre amère, jamais tout à fait désespérée. Expert en demi-teintes de sentiments, explorateur des pénombres de l'âme, Sautet nous raconte ce que nous sommes. Les hommes et les femmes de ses films nous tendent en permanence des miroirs dans lesquels nous nous reconnaissons. Face à face adouci et de ce fait acceptable, car le metteur en scène n'est ni un moraliste, ni un procureur intransigeant. Seulement un témoin impliqué qui observe, module, restitue, sans pancarte à slogan existentiel.

Cette attitude ne peut émaner que d'un homme de cœur, et Sautet est un homme de cœur. Ses allures d'ours bougon qui donne toujours l'impression de marmonner quelques récriminations par le biais d'une diction syncopée ne saurait tromper ceux qui l'approchent. Il faut le voir exister sur son tournage. Toujours en mouvement, l'œil aux aguets, autopsiant le jeu de ses interprètes, l'oreille attentive aux dialogues et le cœur ouvert aux états d'âme de ses acteurs ou actrices.

Tourner avec Sautet, ce n'est pas uniquement entrer dans une histoire que ce fabuleux scénariste, spécialisé jadis dans le rafistolage de scénarios mal conçus, a minutieusement élaborée, tourner avec Sautet, c'est entrer dans un univers, dans une bande qui a ses rites et ses lois. Romy Schneider à qui le liait une affection fraternelle fut sans doute la « sociétaire » la plus chérie du metteur en scène, qui ne s'est jamais consolé de sa disparition. Montand occupe aussi une place de choix dans la filmographie bien que les rapports entre les deux hommes soient souvent teintés d'ambiguïté. La vérité est que Sautet ne prend pas Montand au sérieux, quand ce dernier plonge dans la mêlée politique. Bien des comédiens, et surtout des comédiennes, rêvent de voir la porte de ce clan s'entrouvrir. Peut-être, parce que l'auteur d'une HISTOIRE SIMPLE est le plus féministe des réalisateurs français.

Avec un grand talent, il démontre et prouve que l'on peut transcender les sujets les plus conventionnels du cinéma français : les copains, la banlieue, le travail, l'amour difficile, les problèmes des quadragénaires. Bref, les simples choses de la vie.

Travaillant lentement, Sautet est aussi un formidable technicien avec un sens du tournage aigu comme on peut le voir et le revoir dans le fameux accident des CHOSES DE LA VIE, et dans la réalisation de son dernier film UN COEUR EN HIVER qui lui vaut enfin et ce n'est pas trop tard, la reconnaissance de la profession avec neuf nominations aux Césars.

En privé, l'homme qui fuit les mondanités est pétillant d'humour et de charme. Il aime les nuits qui n'en finissent pas au cours desquelles on refait les films en disséquant tout ce qui arrive sur le tapis de la conversation. Passionné et soupe au lait, il peut partir comme une fusée dans une colère ravageuse qui pulvérise tout ce qui bouge pour reprendre une vitesse de croisière sereine de discussion. C'est un être engagé, fraternel et attentif. Il écoute avec une qualité d'attention rare, emmagasinant dans le coin de sa mémoire des pulsions d'instants ou des poussières d'abandons que sa caméra retranscrira un jour sur l'écran. Tout cela pour nous toucher, nous émouvoir, nous faire sourire et mine de rien pour nous psychanalyser en douceur. En réalité, nous faisons tous partie de la bande à Sautet. Il suffit pour s'en convaincre de regarder l'un de ses films et de choisir le personnage qui nous ressemble comme un frère ou une sœur.

Mais le plus grand talent du metteur en scène est sans doute d'avoir accepté lui aussi de faire partie de la famille. C'est ce qui fait la différence au cinéma entre un humaniste et un voyeur.

HENRI VERNEUIL

Pully Nord, à un flirt du centre de Lausanne, dissimulé à l'abri du regard des m'as-tu-vu : des maisons cossues, noyées dans la verdure où vivent sans provocation des guerriers qui, à défaut de repos, ont besoin de silence et de paix.

Achod Malakian – dit Henri Verneuil pour les affiches et les génériques cinématographiques – bourlingue depuis l'âge de cinq ans, date de son arrivée à Marseille après le génocide de son peuple. Long marathon au cours duquel il a fallu se faire un nom, oublier provisoirement l'ancien et se souvenir en y pensant toujours sans y penser sans cesse d'où l'on vient et qui l'on est.

Le cinéma et ses vanités gomment vite les souvenirs ; ceux qui se ramassent à la pelle, pas les autres, dont les tombes protestent encore et toujours contre la barbarie.

La dérision a sauvé Verneuil, dupe de rien et lucide sur tout ; côté bleu à l'âme, il y avait la famille, source pour Achod Malakian, de courage et d'ambition. La famille a suivi comme des millions de spectateurs les triomphes du cinéaste « Je voulais que les miens soient fiers de moi ! », qui a dû souvent faire le poing dans la poche, confronté aux caprices des uns et des autres qu'il a mis en valeur en s'effaçant derrière sa caméra pour les servir.

Personne n'a rien vu, surtout pas la critique, et Verneuil n'a battu ni tambour ni trompette pour faire savoir que le public aimait ses films et que ce n'était pas un hasard si les « grands » acceptaient de travailler avec lui.

Si Verneuil a eu souvent le coup de gueule à fleur d'indignation, l'oriental Malakian avait depuis longtemps déterminé son cap et s'y tenait contre vents et marées dans le silence le plus absolu.

Et puis un matin, fatigué de la lourde machine cinématographique, des aléas de la production et du temps perdu à ne rien dire, Achod s'est réveillé pour mettre Henri en veilleuse.

« Nous avons suffisamment parlé des autres, si nous parlions de nous maintenant ». « Nous », c'est la famille arrivant à Marseille. Le début d'une délicate et sensible saga que MAYRIG a immortalisée et dont Achod, alors âgé de 4 ans, a consigné tous les détails.

« J'avais 4 ans c'est vrai, mais la mer de Marmara éclipsait la Méditerranée. Je suis arrivé avec la détresse, l'inquiétude, le chagrin, avec la peur d'oublier ces années de paradis à jamais perdues. »

Il n'oubliera rien.

« Chaque chose en son temps. J'avais partagé ma vie en trois parties. Je vis la troisième, c'est celle de la liberté totale. »

Installé dans sa grande maison, cernée par trois hectares de terrain, il avoue avoir retrouvé avec joie son cher Léman. Cher Léman ?

« Avec mes parents nous avons souvent passé nos vacances à Evian où d'ailleurs toute la famille nous rejoignait. Ce lac m'a toujours fasciné et j'ai toujours su que j'y reviendrai, sans savoir d'ailleurs sur quelle rive. »

Il confesse son goût pour Lausanne, aux dimensions encore humaines et clame que la Suisse, c'est cette maison, ses deux enfants, sa femme et les copains.

Par politesse, il assistera bien de temps en temps à une manifestation locale donnée en son honneur pour avoir le plaisir de déguster ces fameux grenadins de veau qu'il déteste et qui l'ont poursuivi tout au long des banquets et dîners de sa carrière. Le reste du temps, il musarde dans son vaste bureau, passant du fauteuil au canapé, du travail d'écriture à la réflexion, du pragmatisme aux rêves, Mais où vont ses rêves ? Et qui rêve ? Henri ou Achod ?

Achod en ce mois de juin 1997. Achod qui guette le retour de ses deux enfants pour pointer le carnet scolaire et qui, à cet égard, n'est pas un papa gâteau oriental mais un implacable censeur.

« Que de calme ici, pas d'agitation, tout revient en surface sans vagues, lâche-t-il comme pour lui-même ». Ainsi est né « Le Cheval Vartan ».

« Naturellement dans MAYRIG je n'avais pas décrit les odeurs, la vie, la communauté là-bas. Maintenant c'est fait, le livre existe et témoigne de la mémoire d'Achod. C'est bien. Si on allait faire un tour à la salle de projection, j'ai un petit bijou à te montrer. »

Allons donc, Verneuil est déjà de retour ? « Non ! non ! Le cinéma c'est fini, je suis tellement plus heureux avec mes livres. » Nous gagnons le sous-sol. « C'est l'histoire d'un type qui décide un jour... Enfin, ce sera un petit budget sans vedette, j'en ai marre des grosses bastringues... » A bientôt Henri !

MICHEL AUDIARD

Audiard est mort. Je sais. L'information est déjà dépassée et les gazettes se préoccupent pour l'heure de détecter qui a, ou n'a pas le sida à Hollywood.

Le temps de quelques lignes, arrêtons les aiguilles de la montre pour s'attarder un peu non sur la carrière – on vous a déjà tout dit – mais sur l'homme que je connaissais bien.

Lors de voyages à Paris, il m'arrivait souvent d'aller lui dire bonjour à l'hôtel de la Tremoille où il tenait ses quartiers quand, pressé par les producteurs ou par le fisc – qui ne cessa jamais de le poursuivre – il terminait les dialogues d'un film.

Sa chambre-salon était un lieu de passage où Jean Carmet l'ami fidèle venait régulièrement quand il ne tournait pas. Audiard qui ne buvait pas une goutte de vin, mais grillait par contre, cigarette sur cigarette, regardait vivre avec une tendresse cynique son vieux complice des virées passées, lequel avait renoncé au tabac mais pas au beaujolais.

Quelques metteurs en scène dont Verneuil, s'installaient carrément face à lui pour qu'il ne soit pas tenté d'aller humer dehors l'air de la vie. Tout comme Carmet, c'était un flâneur aimant traîner ici ou là pour glaner les répliques et regarder vivre les gens en situation de quotidien.

C'était un délice que de l'entendre commenter le siècle.

Il y a quelques années, la mort de son fils l'avait cruellement éprouvé. De ce jour-là date une cassure profonde, une plaie jamais cicatrisée, une douleur permanente, qui devait s'exprimer dans un magnifique roman peu conforme à l'idée que le public avait du dialoguiste célèbre : « La Nuit, le jour et toutes les autres nuits ».

Cette même blessure profonde devait apparaître dans MORTELLE RANDONNEE de Claude Miller, à travers le personnage de Serrault, obsédé par la mort de sa petite-fille, qui enquête sur les agissements d'une aventurière (Adjani) qu'il confond avec la disparue. C'est d'ailleurs avec Claude Miller, alors que beaucoup le croyaient fini, qu'il fit GARDE A VUE modèle de construction dramatique et fabuleux exercice de style dans la rigueur et l'efficacité.

C'était un grand, quand il le voulait, capable de passer les modes et les générations d'acteurs auxquels il a prêté verve, humour et esprit.

ON NE MEURT QUE DEUX FOIS de Jacques Deray dont il venait de signer les dialogues, n'était pas un titre pour lui déplaire, lui qui nous avait quittés déjà depuis beaucoup plus longtemps, en continuant pour ne pas nous peiner, de faire semblant d'être là.

LUC BESSON

Premier film à 24 ans. Sept films à 38...

Il fait l'ouverture du 50ᵉ Festival de Cannes 1997 avec LE CINQUIEME ELEMENT budgétisé à 90 millions de dollars. Cette voie royale, qui lui permet de monter les célèbres marches en compagnie de la star du film Bruce Willis, n'est pas pavée que de bonnes intentions.

Luc Besson n'a pas oublié l'ouverture cannoise de 1988 où LE GRAND BLEU, film culte de toute une génération, fut accueilli par des applaudissements polis sans plus.

Aujourd'hui pour Luc LE CINQUIEME ELEMENT est une vieille histoire. Il l'a écrite à 16 ans dans sa campagne de Couloumiers. Entre l'écriture et la réalisation, le temps a passé : « Je n'ai jamais eu accès au temps. Je pensais tourner ce film en trois mois, en fait il a occupé 19 mois de ma vie . »

Alors que nous bavardons dans le salon de l'Hôtel Raphaël à Paris (où les cinéastes ont leurs habitudes), je retrouve le même Luc Besson de 1982 – notre première rencontre, alors que complètement inconnu il présentait son premier film LE DERNIER COMBAT financé par des particuliers qui n'entendaient rien au cinéma, les autres, les professionnels de la profession, comme les qualifie si joliment Godard, ayant refusé le moindre investissement. Plus tard le film sera primé à Avoriaz catégorie fantastique comme le fut jadis DUEL de Spielberg.

Et ensuite ?

Gaumont devient un partenaire fidèle dès son film suivant SUBWAY. « Patrice Ledoux, Directeur Général de la Gaumont m'a beaucoup aidé pour LE CINQUIEME ELEMENT, budgétiser le film était diabolique, car il était impossible de chiffrer le coût de telle ou telle créature artificielle. De plus ce n'était pas facile de trouver un partenaire américain. Warner a traîné les pieds et c'est finalement Colombia qui est venu nous rejoindre » Entre deux tasses de café, il me confie : « Quand je pense que j'écrivais tout cela pour le jour où j'aurais un vrai copain, une vraie fiancée ».

La fiancée éternelle c'est la mer. Il a pataugé et barboté dedans. C'est sa passion, son rêve permanent, c'est aussi un accès à la liberté. « J'ai été très heureux quand LE GRAND BLEU a fait tout aussi bien en France que LES DENTS DE LA MER de Spielberg. »

Son contact avec les grandes stars se fait naturellement « J'ai rencontré Bruce Willis et en parlant de choses et d'autres j'ai évoqué LE CINQUIEME ELEMENT. Puis silence radio. Quelque temps après, il m'a demandé de plus amples détails et m'a dit être intéressé. Parfait mais il était financièrement au-dessus de notre budget. On peut s'arranger m'a-t-il dit. On s'est arrangé et voilà. »

LE CINQUIEME ELEMENT fut ponctué d'arrêts que Besson mit à profit pour écrire LEON en 30 jours et le tourner en deux mois, avec son vieux copain Jean Reno qui fut pratiquement de toutes les aventures. La fidélité est l'une de ses grandes qualités qu'il dissimule sous un aspect nounours avec une sensibilité à fleur de peau.

Son secret, un pied qui traîne encore dans l'enfance d'où le besoin d'écrire de matérialiser les rêves sur papier, sa reconversion se fera probablement vers la feuille blanche.

« J'ai fait sept films, encore trois longs métrages et je passerai à autre chose » Tourner ne lui manque pas. Qu'il dirige un plateau de 12 millions de dollars ou de 90 pour le LE CINQUIEME ELEMENT ne modifie pas son comportement.

    Accès au rêve et à l'élément mystérieux pour Luc Besson dont le film préféré est le magnifique ATLANTIS (1991): « C'est vrai confirme-t-il, c'est mon chouchou, c'est pour moi un opéra, un souffle de liberté. Ce film m'a fait beaucoup avancer et c'est peut-être là que réside mon accès à une autre dimension ».

    A Cannes il y aura le sourire de la Présidente du Jury Isabelle Adjani avec laquelle il tourna SUBWAY et réalisa le superbe clip PULL MARINE et Bruce Willis le héros de son dernier film dont l'action se situe au XXIIIe siècle.

    « Le film est léger, pas noir, traité sur une toile de fond très humaine avec des pointes d'humour ; oui je crois que c'est un film humaniste ». Besson explique que l'arme qui peut sauver l'humanité n'est pas celle à laquelle on pense. Que ce soit en 1997 ou en 2263, la seule chose qui compte, dit-il : « C'est la main qui se tend pour sauver un enfant de la noyade. ».

Le grand Charlot. C'était il y a vingt-cinq ans au
Manoir du Ban à Vevey…

John Huston. Coup de fatigue après huit heures d'interview et une soirée de gala donnée pour la présentation à Cannes de son film AU-DESSOUS DU VOLCAN.

En janvier 1988, « Le Maestro » Federico Fellini nous fait l'honneur de sa visite sur le plateau de la TSR (fait exceptionnel pour une chaîne de télévision !) Une exclusivité de *Spécial Cinéma*.

(Photo : Télévision Suisse Romande)

A Paris, en 1986, le maître japonais Akira Kurosawa à la galerie qui expose les illustrations conçues pour la réalisation de RAN.

Le plaisir de la conversation avec Henri Verneuil pendant l'émission
Spécial Cinéma Gros Plan en 1983 à l'occasion de la sortie
du film LES MORFALOUS.

(Photo : Télévision Suisse Romande)

En mars 1976, l'un des multiples rendez-vous avec
le regretté Michel Audiard.

(Photo : Télévision Suisse Romande)

Jean-Jacques Lagrange et Daniel Schmid après la sortie à Genève du film-document LE BAISER DE TOSCA en 1984.

SERGIO LEONE

Cela se passait il y a quelques années dans un restaurant genevois. A l'écart dans un coin de l'établissement, une dizaine de banquiers recevaient un homme. Leur porte-parole avait accueilli l'étranger convié à ce repas en précisant : « Nous savons que vous n'êtes pas venu ici pour quelques dollars de plus. Nous savons que vous ne voulez pas faire la révolution, et nous sommes convaincus que vous n'êtes ni brute ni truand. Votre nom n'est pas personne... – Exact, avait répondu l'intéressé. Mon nom est Sergio Leone. »

Ensuite pour convaincre l'auditoire, il avait raconté le film plan par plan, poussant même la chansonnette pour séduire ces puissances d'argent. Car le porte-parole s'était trompé : Sergio Leone n'était pas venu en touriste, mais dans l'intention de ratisser large afin de pouvoir tourner, IL ETAIT UNE FOIS L'AMERIQUE, présenté hors compétition – quelques années plus tard en 1984 au Festival de Cannes. Longue patience pour ce feu follet matois et rusé, riche et comblé à l'esprit corrosif qui en dehors de lui ne doit pas aimer grand monde.

IL ETAIT UNE FOIS L'AMERIQUE est le dernier volet d'un triptyque : IL ETAIT UNE FOIS DANS L'OUEST et IL ETAIT UNE FOIS LA REVOLUTION.

Il a fallu beaucoup de patience et de ténacité au « roi du western spaghetti » pour porter à l'écran l'histoire de ces deux gangsters juifs de Brooklyn qui traversent l'Amérique des années 20 aux années 70 avec, en toile de fond, la prohibition, la grande dépression économique et le gangstérisme. Une amitié solide unit les deux hommes, pas assez solide pour résister aux vicissitudes de la gloire et de l'argent. A la complicité succédera la haine. « Normal – dit Leone – le bien ne va pas sans le mal et sans Abel il n'y aurait pas Caïn ».

Sans Leone et sa fascination pour l'Amérique, dont le rêve avait commencé avec les livres d'Hemingway, Dos Passos, Chandler, il n'y aurait pas eu de films. Aujourd'hui, le résultat est là : trois heures quarante de projection et 37 millions de dollars qui se soldent sur l'écran. De Niro – « le meilleur acteur du monde » – mène cette danse infernale.

« Ce n'est que sur la durée que je me suis aperçu – dit son metteur en scène – qu'il était génial ».

Pour atteindre la perfection, Leone n'a ménagé ni sa peine ni l'argent. Tournage de six mois en Amérique, au Canada, en Italie, à Hongkong, bref, une superproduction que tous ses amis n'attendaient plus.

« C'est vrai que je suis paresseux et que pour travailler je dois être talonné par des délais. Si ce film a tant tardé à naître, c'est que la fatalité a souvent ponctué de drames sa préparation. Avant De Niro, c'est Gabin, puis Steve Mac Queen qui devaient être les interprètes principaux. Après leur mort, on a pensé à De Niro. Et puis trouver 30 millions de dollars n'était pas une mince affaire. Il m'a fallu dix ans pour dénicher le producteur sérieux. »

Pour définir son film, Leone donnait quatre titres de chapitres : 1. « Il était une fois dans la vie d'un enfant » 2. « Il était une fois dans la vie d'un homme » 3. « Il était une fois dans l'histoire d'une nation » 4. « Il était une fois en Amérique. »

Le monde entier a acheté le film tant l'aura de l'auteur était grande chez les distributeurs de tous les continents. Belle revanche pour cet homme discret qui regardait vivre la planète avec un pessimisme que ne traversait aucune clarté d'espoir.

« Nous sommes sur la pente qui conduit au gouffre, impossible de freiner. »

Sergio Leone est né en 1929 d'un père cinéaste mis à l'index par Mussolini. Sa carrière fut interrompue brutalement : « Il est resté 15 ans sans travailler. Aujourd'hui on me demande pourquoi j'achète des tableaux, des meubles, des bibelots précieux. Tout simplement parce que dans ma jeunesse j'ai vu beaucoup vendre. »

Il débute au cinéma comme acteur puis, avant de devenir assistant, il écrit des scénarios. Il lui faudra attendre 1961 pour signer son premier film LE COLOSSE DE RHODES un péplum à grand spectacle qui évite les lieux communs du genre. Auparavant, il aura réalisé sans les signer : LES DERNIERS JOURS DE POMPEÏ.

Cela ne suffit pas à gommer l'humiliation d'une enfance difficile. Paradoxe, c'est sous un pseudonyme américain (Bob Robertson) qu'il tourne POUR UNE POIGNEE DE DOLLARS – LE BON LA BRUTE ET LE TRUAND qui vont le rendre célèbre. Le western spaghetti est né, il en est le grand cuisinier.

« L'idée de départ – explique-t-il – était d'introduire une notion de commedia dell'arte dans la trame traditionnelle des épopées de l'Ouest. En gommant bien entendu les poncifs, les bons sentiments et en montrant les hommes tels qu'ils sont : avides, cupides, brutaux. En réalité, le plus grand auteur de western est Homère : shérif Achille contre shérif Hector. »

Le succès a été foudroyant, y compris en Amérique où les spectateurs voyaient se refléter dans le miroir que leur tendait Leone une image non conforme à celle de l'épopée de l'Ouest.

Devenu riche très riche, Leone n'était jamais rassuré sur le lendemain.

Quand il en avait le loisir, il adorait tourner des spots publicitaires. C'est ainsi qu'il fut lauréat d'un festival spécialisé dans ce registre. Son spot qui montrait une Renault enchaînée se libérant grâce à sa puissance, lui valut le premier prix et quelques ennuis. Le roi Hussein de Jordanie proteste auprès de M. Valery Giscard D'Estaing, alors Président de la République, en lui faisant remarquer que le film était tourné à Petra, lieu sacré de son pays :

« Que diriez-vous – concluait le souverain – si un spot publicitaire montrait un chameau enchaîné sous l'Arc de Triomphe ? »

Pas de quoi faire broncher ce pince-sans-rire qui préconisait des salles de cinéma de 15 000 places.

« Comme les cirques romains où le public verrait les films dans une atmosphère de fête. »

Par contre l'idée que les Américains ramènent IL ETAIT UNE FOIS L'AMERIQUE de trois heures quarante, à deux heures, le mettait en fureur.

« Ils ne m'auront pas, car j'ai fait voir la première version longue et intégrale à tous les journalistes. Alors s'ils coupent, la presse les assassinera. Je suis optimiste, car j'ai confiance dans le quatrième pouvoir. Faire tant d'histoires pour quelques minutes de plus ».

Non décidément ce n'est pas un pays pour un latin civilisé.

La preuve en est donnée par Marcello Mastroianni qui racontait :

« Tu marches à Hollywood pendant des heures sans même avoir la chance de poser le pied sur une m... »

Dans ces conditions, en effet, comment trouver un porte-bonheur ?

PETER WEIR

Peter Weir apparaît comme le chef de file de la « nouvelle vague » du cinéma australien. Natif de Sydney – il est né en 1944 – Weir est « entré en cinéma » pour retrouver ses origines. « De vagues racines écossaises – dit-il – en Australie il est rare que les gens connaissent la vie de leurs aïeux au-delà de leurs grands-parents. » Adolescent, il s'étonne devant les photos jaunies d'arrière-grands-parents inconnus, qu'on a glissées jadis entre les pages d'une vieille Bible. Qui sont ces gens ? D'où viennent-ils ? « D'un village d'Ecosse dont le nom s'est perdu, croit son père, alors agent immobilier à Sydney. »

A 20 ans Weir s'embarque pour la vieille Europe. Après un périple d'un an et demi, il retourne au bercail. Il s'est fait une raison, il n'a pas, il n'aura jamais de racines. Mais dans cette certitude même, il va puiser l'essentiel de son inspiration. Il tourne quelques films expérimentaux et des documentaires. Et puis, à partir de 1976 trois longs métrages vont le propulser à la tête du cinéma australien. Ses deux premiers films PICNIC AT HANGING ROCK et LA DERNIERE VAGUE inventent à la jeune nation australienne des origines insoupçonnées : un cocktail de traditions aborigènes (donc de fantastique) et des craintes inspirées par une nature indomptable.

D'emblée, la critique le qualifie de « magicien ». Le compliment lui va comme un gant. Peter Weir a le goût du jeu de l'ombre et de la lumière, de l'ambiguïté des situations. En un mot, de l'énigme même de l'existence. Avec Peter Weir, le quotidien dérape. Tout est matière à cette subtile dérive : un personnage ou un événement. Dans L'ANNEE DE TOUS LES DANGERS, qui n'a rien à envier aux superproductions américaines, il donne au talent de Mel Gibson une nouvelle dimension, l'étrangeté de Billy Kwan arrache le film au conventionnel récit historique. « Le public, dit souvent Weir, ne veut pas une leçon d'histoire, mais une histoire. » C'est ce qu'il fait en tournant GALLIPOLI son troisième film. C'est quelques semaines avant le premier tour de manivelle de GALLIPOLI que Weir découvre le livre de Koch L'ANNEE DE TOUS LES DANGERS.

Emballé, il achète aussitôt les droits et apprend à l'occasion que Francis Ford Coppola s'apprêtait à le faire. Le tournage enfin commence jusqu'au jour où lors d'une manifestation rassemblant plus de 6000 personnes appelées à assiéger l'ambassade américaine, la menace devient réalité. L'équipe choisit de fuir :

« J'ai vraiment cru que nous courions à la catastrophe. Je suis parfaitement conscient que nos caméras, nos tee-shirts et tout notre matériel entretenaient un climat de provocation, mais je crois que nous avons surtout été victimes d'extrémistes musulmans trop heureux de semer la pagaille. Il n'en reste pas moins vrai que cette atmosphère n'a fait qu'enrichir le film. Je suis un cinéaste primitif. J'ai besoin d'être constamment en prise directe avec la réalité pour rendre mon film plus crédible. Là, j'ai vraiment été servi. »

L'équipe gagnera précipitamment l'aéroport, comme le héros du film, quittant en catastrophe les lieux de tournage.

Peter Weir aujourd'hui ne craint plus rien. En ce mois de septembre 85 il est serein. L'Amérique a pour lui les yeux de Chimène. Il nous quitte avec dans sa poche un aller simple, destination, Hollywood.

A bientôt l'ami.

ROMAN POLANSKI

Lors d'un dîner avec François Périer – qui connaît bien Roman Polanski pour avoir joué avec lui plusieurs mois AMADEUS à Paris au théâtre Marigny – je lui avais fait part de mes réticences imprécises vis-à-vis du personnage.

Procès d'intention stupide de ma part, contre lequel Périer, homme de générosité et de lucidité s'était élevé : « Il est tout le contraire de sa réputation, c'est un être délicat, sensible et pudique qui mérite d'être connu. »

Les hasards du métier m'avaient mis en présence de Polanski à Cannes pour une interview à l'occasion de la sortie du LOCATAIRE. Simple rencontre de routine professionnelle dans le feu du festival, lequel ne privilégie pas les après-caméras.

La lecture de « Roman » sa biographie bouleversante, dévorée en une nuit, m'a donné immédiatement l'envie d'un *Spécial Cinéma* consacré à l'auteur du BAL DES VAMPIRES – CHINATOWN – TESS – CUL-DE-SAC etc.

J'étais sur le point de mettre en route ce projet quand, ouvrant mon poste de télévision, je vis Polanski que recevait Pivot. Connaissant l'ouvrage, j'observais en professionnel attentif de quelle façon l'un des princes de l'interview allait amener l'auteur sur les chapitres douloureux qui font toute la force de l'ouvrage. J'attendis en vain. Et pour cause...

Comment amener un homme à aborder en pleine lumière de plateau, ces clairs-obscurs de vie qui dissimulent à peine des plaies profondes non cicatrisées.

Ce que l'écrit explique, analyse, restitue naturellement, faisant du lecteur un témoin, un ami, un confident, les caméras le sensationnalisent, et transforment le téléspectateur en voyeur. Toute question devient agression, toute réponse apparaît comme exhibitionniste. Impasse totale et pour l'interviewer et pour l'interviewé, impossible dialogue dans le cadre strict d'un espace audiovisuel qui a ses frontières au-delà desquelles toute intention fût-elle bonne, devient gênante, voire même choquante.

Une bonne méditation pour celui qui assume une émission de TV… et pour ceux qui la regardent.

CHARLIE CHAPLIN

C'était il y a 25 ans ou presque, enfin, c'était il y a longtemps. L'événement se passait à Vevey, au Manoir de Ban, par une belle journée conçue pour qu'un Roi de la Riviera puisse rencontrer les médias.

Le Roi Chaplin, assis sur la pelouse devant le Manoir, devisait, détendu, avec les journalistes qui n'avaient pas eu l'occasion de le voir souvent depuis son installation en Suisse.

Rien de protocolaire ni de guindé, on se serait presque cru à une gentille journée champêtre teintée d'une coloration familiale. Car bon nombre d'enfants vivaient encore au Manoir et je me souviens très bien du benjamin rentrant de l'école et venant, malgré les objectifs, embrasser son père, dont, à cet instant, la sérénité m'avait frappé. Le grand Charlot ne nous avait pas invités pour parler de choses et d'autres mais pour nous informer qu'il avait racheté pratiquement tous les droits de ses films, réalisant là sans doute l'un des jackpots du siècle. Pour nous rafraîchir la mémoire, car les Charlots étaient invisibles depuis longtemps, nous avons eu droit à la projection du CIRQUE qui nous avait mis en appétit pour voir les autres, mais heureusement pas pour manger car j'ai souvenir d'un déjeuner extrêmement frugal.

Je devais ce jour-là, interviewer Chaplin pour la TV et soudain, pris d'un trac impossible à maîtriser, j'ai demandé du secours à ma consœur Catherine Charbon qui accepta de me remplacer.

Cette mésaventure m'est arrivée, outre Chaplin, avec le grand John Huston à Cannes. Vous avez tout à coup envie d'être égoïste, de ne penser qu'à vous, de profiter d'un génie du siècle qui se trouve à deux mètres et vous parle d'un destin hors série. Vous avez l'impression d'être témoin d'un instant rare, précieux, de frôler un pan de postérité qui finalement ne regarde pas le téléspectateur placé loin du contexte, du vécu en instantané.

La journée s'écoula sans heurt, en aparté, en promenade sous l'œil de Lady Chaplin. Jamais réception ne fut plus simple, détendue, inclassable dans les souvenirs journalistiques. Aujourd'hui, quand je raconte à Carmen et Dolores Chaplin, les petites-filles du grand Charlot qui font une belle carrière de cinéma, cet après-midi bucolique, je les surprends à rêver et à m'interroger sur leur grand-père. Je réponds toujours invariablement : « Allez voir et revoir ses films, ils contiennent toutes les réponses à vos questions ».

LE ROI KUROSAWA

Il s'en est bien tiré l'empereur Hiro-Hito, lui qui cautionna l'expansion nationaliste du Japon en Mandchourie et en Chine avec en prime Pearl Harbor en 1941.

Depuis 1945, il règne donc sur ses pensées derrière ses murs, vestiges d'un Japon disparu alors qu'un garde à bicyclette fait aligner, comme à la parade, les cars de touristes en quête de celui que ses sujets jadis n'avaient pas le droit de regarder dans les yeux. Ce n'est pas tout à fait une prison que ce palais d'où n'émerge que le silence, mais presque.

Le roi, le vrai roi du Japon en ce mois d'août 86, je n'ai pas eu besoin de prononcer deux fois son nom à l'hôtesse de la réception de l'hôtel Impérial pour qu'elle me donne le renseignement que je cherchais. « Vous pouvez voir RAN avec sous-titres anglais à 18 heures à 50 mètres d'ici au cinéma One.

Depuis le 31 mai dernier, date d'ouverture du Festival de Tokyo dans le cadre duquel il fut présenté, salué par une formidable ovation, le Japon connaît RAN et a sacré roi son auteur Akira Kurosawa, sans doute le plus grand de leurs cinéastes.

RAN le film que tous les festivals désignaient (Cannes en tête qui aurait bien après KAGEMUSHA donné une seconde Palme d'or à son auteur), RAN fait un triomphe sur sa terre natale. Coproduction franco-japonaise, le film a été produit par Serge Silberman, qui ne pouvait éternellement rester orphelin de Buñuel. Seul le grand Kurosawa pouvait prendre la suite dans la filmographie de ce prestigieux producteur. Belle rencontre, beau film. Car RAN est un chef-d'œuvre signé par un homme de 74 ans qui en partant du ROI LEAR fait souffler la tempête shakespearienne dans les âmes des samouraïs, ajoutant le délire des batailles aux mouvements de troupes qu'il affectionne. « Encore » c'est Kurosawa qui, par acteur interposé, le prononce parce que son plaisir est palpable de voir comme il nous le montre ce ballet de bannières, de chevaux et de guerriers, évoluer dans une perfection d'images inoubliables.

Il y a le souffle, le lyrisme et le sang, parce que la guerre n'est pas une rigolade, et puis il y a aussi des plages calmes où le texte vient telle une vague battre le silence qui préside aux introspections des âmes. C'est monumental et intimiste, c'est beau comme la simplicité qui tendrait à faire croire que rien n'est plus facile à faire qu'un film réussi. On savait depuis l'IDIOT, les BAS FONDS et le CHATEAU DE L'ARAIGNEE tiré de MACBECTH, que Kurosawa savait adapter les œuvres des maîtres qu'il affectionne tels que Dostoievski, Gorki et Shakespeare si proches de lui par leur humanisme.

Pourtant RAN – sans doute le film testament du cinéaste – offre un plus, il touche au sommet de l'art d'un metteur en scène dont le talent s'est trouvé sublimé par un thème, le touchant sans nul doute profondément.

Kurosawa a été révélé au public européen par RASHOMON, présenté au Festival de Venise, ce même public a pu apprécier plusieurs de ses films : LES SEPT SAMOURAÏS (1954) et surtout DERZOU OUZALA (1974). En 1980, Kurosawa obtient la Palme d'Or du Festival de Cannes avec KAGEMUSHA, fresque historique ayant pour thème la méditation sur l'ambition et le pouvoir. N'ayant pas trouvé toujours facilement l'argent pour les films qui lui tenaient à cœur, il démontre avec RAN aux financiers de son pays que la qualité peut être aussi rentable.

Trois salles l'avaient mis à l'affiche à Tokyo. Véritable défi aux productions américaines omniprésentes ici comme dans le reste de l'Asie dont l'identité cinématographique se dilue dangereusement. RAN permettra peut-être à d'autres cinéastes nippons de tourner. Il faut l'espérer, car le cinéma japonais nous est cher comme il l'est à tous ceux qui aiment le cinéma.

LETTRE OUVERTE A LAKHDAR HAMINA

Te souviens-tu cher Lakhdar Hamina de ce mois de février 1985 ? Accompagné par une demi-douzaine d'étudiantes de l'Université d'Alger, tu étais venu sur le plateau de *Spécial Cinéma* présenter ton film VENT DE SABLE. Film plaidoyer pour l'accession de la femme algérienne, non à l'indépendance, mais à la dignité.

Du fond des douards jusqu'aux marches de l'Université, le film avait fait souffler un coup de sirocco, décoiffant une société de notables stratifiée dans ses privilèges et dans son conformisme.

J'ai souvenir de l'appétit de vivre de cette jeunesse présente dans le studio, jeunesse saturée du culte aux héros de la guerre d'indépandance, jeunesse aspirant à vivre pleinement cette liberté que toi et tes compagnons aviez si chèrement payée, jadis, dans les Aurès.

L'exigence des unes et des autres – exigence que tu comprenais – irritait tout de même l'ancien combattant sommeillant en toi : « Ils, elles, veulent tout, et tout de suite », commentais-tu avec agacement « mais après tout – concluais-tu – je peux les comprendre ».

Tes amis qui occupent les allées du pouvoir, dans lesquelles tu as un pied, l'autre musardant dans les sentiers de la fronde, tes amis, tes frères d'armes ont préféré les mitrailleuses lourdes à la concertation et au dialogue.

En 1975, année de ta Palme d'Or à Cannes, avec ton admirable CHRONIQUE DES ANNEES DE BRAISE, tu m'avais déclaré, après avoir fait un bilan sévère des années d'indépendance : « Je préfère encore Allah au socialisme, c'est plus sûr. »

Cette insolence vis-à-vis de tes pairs, ministres et présidents, t'avait valu une réprimande sévère de Boumediene et le retrait de ton passeport pour quelques semaines.

Je n'ai pas oublié non plus ton espérance en Chadli, à l'écoute précisais-tu, de cette marée de jeunes, richesse et espoir de l'Algérie, formidable gisement de talents, plus sûr à long terme, que le pétrole que tu maudissais parce que source de paresse et de facilité.

Aujourd'hui Lakhdar Hamina, on massacre à l'arme lourde cette jeunesse, c'est-à-dire tes enfants ou petits-enfants. Ton chef d'Etat ose ce que le shah d'Iran a eu la décence d'interdire à son armée.

C'est pour ce résultat-là que vous avez combattu, souffert, enduré l'humiliation et la torture jadis ?

J'aimerais entendre ta voix, toi qui n'as jamais eu peur de rien et surtout pas du pouvoir.

N'attends pas le Festival de Cannes pour dénoncer cette CHRONIQUE DES ANNEES DE SANG Lakhdar, je t'en prie : parle !

Lettre ouverte, Genève octobre 1988

L'équipe de *Spécial Cinéma* fête sa 500ᵉ émission.

(Photo : Télévision Suisse Romande)

Belle évocation de carrière, en 1986, avec Michèle Morgan à l'occasion de la sortie d'une célèbre série télévisée, TIROIRS SECRETS. Elle est accompagnée par Danièle Thompson qui a signé le scénario.

(Photo : Télévision Suisse Romande)

Un moment privilégié avec Serge Gainsbourg et Jane Birkin sur le plateau de la TSR pendant l'enregistrement de l'émission *Le Cinéma chante* en octobre 1976.

Plateau traditionnel de *Spécial Cinéma* en 1985. Christian Defaye accueille Claude Chabrol, Jean Poiret et Stéphane Audran pour la sortie de POULET AU VINAIGRE, ainsi que Francis Reusser et Isabelle Otero pour DERBORENCE.

Soir de fête à *Spécial Cinéma*, Noël 1980. Le duo Defaye-Claudette.

(Photo : Télévision Suisse Romande)

Roger Moore, Frank Sinatra, son épouse et Christian Defaye animant la soirée *(Le Cinéma Chante)* donnée en décembre 1985 au profit du HCR pour les camps de réfugiés en Thaïlande.

L'équipe de *Spécial Cinéma* au Sporting-Club de Cannes, le 18 mai 1980, lors de la remise de l'« Oscar ». De gauche à droite :
R.-M. Arlaud, chargé des contacts à Paris ; Christiane Cusin, coproductrice ; Christian Zender, réalisateur ; Christian Defaye, producteur, journaliste ; Claudette, présentatrice ; Michel Martinet, réalisateur.

CANNES MAI 1991 VINGT ANS DEJA.

UN SACRE BAIL

Par fantasme de stagiaire, par souci d'évasion d'une « locale » et de son univers de commissariats, de morgues et de faits divers, fast-food du quotidien journalistique, j'ai pris dix jours de congé au journal (« Le Progrès » de Lyon) et via la fameuse nationale 7, qui ne serpente plus que dans les refrains de Trenet, j'ai filé à Cannes avec des rêves de « une » sur au moins trois colonnes.

C'était en 1961 – sans le savoir je venais d'en prendre pour 20 ans ferme dans ce Q.H.S. (Quartier de Haut Show) qu'est le premier festival du monde.

Je ne connaissais ni Buñuel, ni Colpi, Palmes d'Or cette année-là avec VIRIDIANA et UNE AUSSI LONGUE ABSENCE…..

J'attendrai 11 ans avant de retrouver la Croisette et son « décrochez-moi-ça » de talents, d'espoirs, de vanités, de sottises et de gens bien, plus ceux qui essaient de l'être. Ce n'est qu'en 1972, que je regagnais mon Q.H.S. cannois où depuis, je purgeais chaque année, mes dix jours de stress que sont venu éclairer quelques visages en instantané ou en gros plan qui valent mieux qu'une chronographie.

Pour les actrices, les acteurs, Cannes ce n'est pas toujours la fête. Sollicités, traqués, cernés par des centaines de photographes et de journalistes en quête d'une interview, ils passent d'une caméra à l'autre, d'une radio à un journal, d'une conférence de presse à une séance photos au pas de charge. En général, ils restent trois jours à Cannes et repartent épuisés par cette pression médiatique permanente. Certains craquent. Ce fut le cas de Valérie Kaprisky et de bien d'autres. Seuls les rocs comme Depardieu, habitués de ces nouveaux jeux du cirque, s'en tirent sans trop de dommages. Gérard vint plusieurs fois présenter des films en compétition signés Beneix, Ferreri, Blier, Rappeneau, Tornatore, toujours d'humeur égale, se réservant sa soirée pour une fête libératrice avec ses copains. Souvenirs de Coppola venu présenter son APOCALYPSE NOW, en perdition suite aux critiques acerbes de la presse américaine. Il invectiva cette dernière et, jouant son va-tout avec la critique européenne, repartit avec une Palme d'Or, la seconde de sa carrière.

Scola, moins chanceux, passa toujours à côté de la plus haute récompense. Pourtant, UNE JOURNEE PARTICULIERE aurait bien mérité une Palme. Cela ne l'empêcha pas de revenir à Cannes, dont il est, avec Carlos Saura, un habitué de la compétition. Tout comme Godard, depuis, SAUVE QUI PEUT LA VIE, qui entendit avec PASSION le grondement d'une salle déchaînée qui dialoguait avec les personnages de l'écran.

Quelle corrida ! Et quelle mise à mort que celle de Beneix, matraqué, assassiné par la critique, lâché par son interprète et son producteur pour une LUNE que l'on fit rouler du caniveau aux oubliettes.

Beneix n'a pas oublié, car personne n'oublie rien à Cannes, où tout le monde revient un jour ou l'autre avec les mêmes espérances et les mêmes illusions.

L'ANNÉE DE TOUTES LES FLAMBEES (1984)

Il flambe de partout. Panneaux publicitaires sur les façades des grands palaces, nom en grosses lettres, opération tee-shirt avec inscription de son prochain film TAI PAN et déjeuner de gala trié sur le volet, à la plage du Carlton.

Cette année-là, Georges-Alain Vuille régna sur Cannes. Le contrôleur que la banque de Paris et des Pays-Bas, collé à ses trousses pour surveiller les comptes, a été rapidement englobé, enserré dans ce tourbillon de luxe et de beautés provocantes.

De plus, il peut voir Montand de près qui assiste au déjeuner. Il voit, dit Georges-Alain Vuille « mais le cinéma c'est comme au poker, pour voir il faut payer ».

Tradition respectée, Paribas paiera quelques dizaines de millions.

FRANCIS FORD COPPOLA (1979)

Le matin, presqu'à l'aube, la presse est convoquée pour voir APOCALYPSE NOW. Sur scène, Francis Ford Coppola, qui invective avec une violence inouïe la critique américaine : « Vous êtes des menteurs, vous avez écrit n'importe quoi sur le tournage de mon film, et pourtant, aucun de vous n'est venu sur le tournage. J'en appelle à la critique européenne et à son honnêteté pour sauver ce film que l'Amérique a déjà condamné ».

Appel entendu, sauf par Madame Françoise Sagan Présidente du Jury cette année-là qui fera tout et même plus, pour que APOCALYPSE n'ait rien. Peine perdue, il décrochera la Palme d'Or.

Quelques années plus tard, Marthe Keller et Pauline Kael livreront un combat à mort pour écarter du Palmarès UNE JOURNEE PARTICULIERE, d'Ettore Scola.

Elles réussiront, signant de ce fait l'un des plus gros scandales de toute l'histoire du Festival.

JEAN-CLAUDE CARRIÈRE

Mai 81. Je me retrouve juré du Festival, présidé par Jacques Deray. Troublante expérience. Vie en huis clos des délibérations, poids oppressant de la responsabilité. Ce jury est mou et incertain vis-à-vis d'une sélection d'où n'émerge aucun chef-d'œuvre. Adjani a deux films en compétition, POSSESSION et QUARTET. La majorité du jury est hostile à un prix d'interprétation pour l'actrice française, jugée trop impudique dans le film d'Andrzej Zulawski POSSESSION. Jean-Claude Carrière, Jacques Deray et moi-même allons travailler ferme auprès des jurés les plus indécis. Le Russe est une bonne proie. Son souhait : revenir à Moscou avec une récompense, même la plus minime. A l'Hôtel Martinez, nous lui offrons le Prix du meilleur second rôle féminin, contre sa voix pour Adjani. Marché conclu. En délibération, je suis chargé de plaider pour l'actrice russe. Je ne recule pas dans les superlatifs. A tel point que mon vieil ami Carlos Diegues, réalisateur brésilien, me glisse en douce un papier : « Modère-toi sinon elle va battre Adjani pour le prix . »

Finalement le Russe tient parole et Adjani décroche le Prix d'interprétation avec 2 voix de majorité. Au dîner de gala, elle nous embrasse Deray, Carrière et moi, et ajoute : « Merci, vous êtes ce soir de merveilleux Pères Noël. »

ORSON WELLES (1983)

Soirée de Palmarès. Cannes 1983. Heureusement, il y avait Orson, légende vivante, toujours en cavale d'une page d'encyclopédie. Orson Welles, souverain, immunisé depuis longtemps contre la bêtise, la vanité et la suffisance. Orson, descendu de son Olympe où, les dames de Shangai et d'ailleurs, ont laissé place aux poupées aseptisées des spots publicitaires, Orson revêtu de sa carapace de Falstaff faisant front à une salle qui conspuait de ses sifflets un génie solitaire et un poète, réunis dans une récompense commune par un jury soucieux de ne pas rester célèbre dans l'histoire du cinéma par le simple fait de les avoir oubliés.

Entre le solitaire et le poète, quarante années de différence et un passeport commun : celui de l'exilé. Depuis toujours Bresson est un apatride cinématographique dans l'hexagone cartésien ; pendant plusieurs années Andrei Tarkovsky a été un suspect pour la Nomenclatura soviétique. Conséquence : l'un représentait la France dans un petit coin du drapeau, l'autre ne représentait que lui-même dans ce Festival de Cannes qui offre encore l'immunité aux talents.

Seulement Bresson et Tarkovsky ce n'est pas Dallas, ça agace, ça dérange, ça fait gamberger sous le béret basque, et mine de rien, ça vous colle le nez sur votre superbe quotidien, bref tous deux comme Godard, Ferreri et quelques autres, ça vous fait un grand nettoyage de printemps dans les goulags mentaux des uns et des autres.

Sachant d'entrée qu'ils n'obtiendraient ni les oreilles ni la queue dans cette corrida lamentable de distribution de prix, ils se sont discrètement camouflés tous les deux derrière Citizen Orson laissant passer l'orage avant de gagner côte à côte les coulisses, sans un regard pour la salle vociférante des marchands du temple.

Orson Welles a quitté ensuite la scène escorté par des vagues d'applaudissements d'autant plus nourris et d'autant plus forts qu'il ne tournait plus depuis longtemps et que de ce fait il ne gênait plus personne.

JOHN HUSTON (1984)

Raide comme un cavalier de l'armée mexicaine dans laquelle il a servi, rusé comme un boxeur, qu'il fut, avant le combat, olympien comme un dieu visitant les mortels, troublant comme une légende en escapade d'encyclopédie et de cinémathèque, la montée du grand escalier du Palais des Festivals par John Huston, reste ma plus forte émotion.

La foule canalisée derrière les barrières, ondulait d'impatience de le voir apparaître. Quelques-uns distinguaient derrière la stature du commandeur, l'ombre fraternelle de Bogart « compagnero » fidèle des libations de démesure. Certains crurent même apercevoir sur fond de prairie troublée par le galop d'un étalon blanc les fantômes de Marilyn et de Gable, venus le temps d'une montée d'escalier, lui faire un clin d'œil complice d'encouragement. Car il lui en a fallu du courage pour affronter au corps à corps une salle subjuguée l'applaudissant debout, 30 télévisions qui ont failli en venir aux mains pour lui arracher quelques confidences, comme si les hommes de grande pudeur montraient l'intérieur après avoir consenti à faire croire qu'ils dévoilaient le reste.

A l'heure de l'interview, j'étais tellement intimidé par ce géant qui respirait de la tequila, que j'ai demandé lâchement à ma consœur alémanique de me remplacer. Je n'ai donc jamais interviewé John Huston. C'est mon luxe et mon secret.

A deux heures du matin, alors qu'il se reposait seul dans un coin, assis sur une chaise, tête baissée pour faire le vide, je lui ai apporté un jus d'orange et notre seul dialogue fut : « Un jus d'orange » – « Muchas gracias señor » – « De nada ».

Je n'avais rien d'autre à lui demander. Pourquoi un journaliste n'aurait-il pas droit à son domaine réservé ?

FRANCIS REUSSER ET LE CINÉMA SUISSE (1985)

Il faut des nerfs solides et un moral à toute épreuve quand on est metteur en scène et que l'on attend le verdict de la commission de sélection du Festival de Cannes.

Francis Reusser et son film DERBORENCE ont dû attendre pratiquement le bouclage de la liste des films choisis pour savoir qu'une fois de plus la Suisse serait présente en compétition 1985 dans le plus grand festival du monde.

Les habitants de ce pays, qui ont souvent tendance à trouver normaux les bienfaits divers que leur dispensent les cieux, devraient savoir que la présence suisse cinématographique à Cannes – présence assez régulière depuis plusieurs années grâce aux Godard, Tanner, Soutter et Goretta – est tout simplement extraordinaire. Extraordinaire quand on sait que des nations plus grandes et plus généreuses financièrement dans le domaine de l'aide au cinéma n'arrivent que très irrégulièrement à voir un de leurs films figurer parmi les vingt-quatre œuvres choisies.

Avec une foi inébranlable, capable de faire descendre la montagne avec un budget limité (1,5 million) Francis Reusser, soutenu, dynamisé, surveillé, engueulé par Jean-Marc Henchoz a atteint son ambition : à savoir, faire à partir du livre de C.F.Ramuz « Derborence » un grand film populaire en scope couleur et son stéréo dolby contant une merveilleuse histoire d'amour que sublime une caméra non avare de lyrisme.

« Commercial » hoquetteront indignés quelques puristes. Heureusement ! Dans le sens où PARIS TEXAS et AMADEUS le sont.

Et surtout populaire, c'est-à-dire ce qui peut arriver de mieux au cinéma suisse qui a senti cette année passer très près de son conformisme le boulet de la non-sélection.

Beau périple pour ce « baroudeur » qui prit jadis d'assaut les salles Vuille à Lausanne pour faire baisser les prix, n'hésitant pas à dialoguer souvent avec la police lausannoise qui fit de temps à autre à cet agitateur passionné, l'honneur de ses commissariats.

Bouillonnant d'idées, ouvert aux vents de la dispersion, aimant gaspiller les heures aux quatre coins des rencontres sur fond de Café du Commerce, ce saltimbanque impénitent grimpera, « ensmokiné » les marches du palais. A son bras, Thérèse. Dans le film c'est Isabelle Otero qui sort de l'école du Théâtre national de Strasbourg. C'est son premier film, ce ne sera pas le dernier. Son intériorité, son jeu frémissant, sa justesse dans les scènes les plus difficiles trahissent une qualité de grande interprète.

Alors tant pis si, ici et là, quelques milliers de francs manquants, n'ont pas permis au cinéaste d'aller au bout de son exigence, peu importe que la distribution recèle quelques faiblesses. Globalement DERBORENCE touche, émeut et captive. Allez Francis, ce n'est qu'un début, vers un grand et beau cinéma suisse populaire. Ceux qui paient leur place ne vont pas s'en plaindre !

MARCELLO MASTROIANNI (1987)

Je l'interviewe en douce dans un recoin du Palais des Festivals après un déjeuner vite expédié. Il a assisté le matin à la conférence de presse des YEUX NOIRS d'Andrei Konchalovsky et tout se déroule merveilleusement.

Je lui donne rendez-vous pour le soir, c'est-à-dire à la montée des grands escaliers pour la première. « Je ne serai plus là. Je fous le camp. J'ai promis à 5 femmes de les emmener à Cannes. Si je monte les escaliers, la RAI va filmer et je vais avoir plein d'histoires ».

Il est donc parti discrètement en tapinois, comme il l'avait fait, quelques années auparavant avec son copain Fellini, prétextant un rendez-vous urgent à Rome. Ils ont quitté Cannes en voiture et ont mis six jours pour arriver au bord du Tibre. J'imagine les escales....

JEAN CARMET (1987)

Poète et piéton décapotable, il déambulait de rue en rue, de film en film, prenant l'air de l'amitié et le parfum de quelques bonnes bouteilles qu'il dégustait avec son copain Depardieu, lequel ne s'est jamais tout à fait remis de l'avoir perdu.

Braconnier attentif, il chassait les bons rôles qu'il prenait au collet de sa longue patience. Toujours inquiet, sans cesse en alerte, il monologuait à ses heures : de farniente, de sexualité, de beaujolais et de Proust.

Quand le tumulte le dérangeait, il rentrait chez lui pour se mettre, comme il disait, en « état de sieste » pour prendre du recul et rêver aux vieilles locomotives d'antan à leurs randonnées fantastiques à travers la campagne. Au réveil, il allait faire un tour à l'hôtel où Audiard tenait ses quartiers pour prendre un bain et donner quelques coups de fils et surtout pour contrôler le nombre de cigarettes que son copain avait grillées depuis qu'il avait arrêté de fumer.

JACK LANG (1988)

Quand la gauche est au pouvoir, elle reçoit mieux que la droite, sans doute parce que, déculpabilisée vis-à-vis du luxe, elle ne se complexe pas comme la droite.

Au temps de Léotard, au Ministère de la Culture (2 ans), les dîners d'ouverture du Festival relevaient de la cantine d'entreprise.

Lang lui, sait faire les choses, sans avoir l'air de mettre les petits plats dans les grands, alors qu'il vous fait un camp du drap d'or avec les meilleurs cuisiniers de la Côte. Pour avoir conversé avec lui, alors qu'il n'était plus ministre (époque de la cohabitation) à la table d'une vague plage cannoise, il n'a jamais oublié, et m'invite régulièrement à ses agapes festivalières, sans manquer de me saluer. Ce qui fait bruisser d'interrogations les courtisans qui l'accompagnent.

Vive les Républiques monarchiques !

HANNA SCHYGULLA (1988)

Nous avons rendez-vous et je ne la trouve pas.

Dans une heure, le Palais et sa cohorte de mondanité l'attendent.

Finalement, je la découvre dans sa chambre à l'hôtel Majestic.

Une chambre minuscule, sans âme, sinistre où flotte une forte odeur de H.

Elle déprime ce soir-là, Hanna, et n'a aucune envie de rejoindre la fête qui l'attend. Je tourne une interview minimale et la laisse à sa solitude, hantée par les fantômes de la bande à Fassbinder.

NICOLE GARCIA (1989)

Qui ne l'aime pas ? Et qui pourrait nier son talent ?

Moins spectaculaire que Fanny Ardant, moins lumineuse qu'Adjani – elle ne travaille d'ailleurs pas dans les mêmes emplois que ses deux rivales – cette comédienne demi-teinte aux approches subtiles et à l'installation graduée, met un certain temps à occuper l'écran, se mettant d'abord au service de ses personnages plutôt que de s'en servir. Qualité rare qui n'a pas échappé à la rigueur exemplaire d'Alain Resnais, avec lequel elle a tourné MON ONCLE D'AMERIQUE.

Retenue, pudique, elle mène une carrière linéaire sans accélération, sans flamboiement. Frileuse sur les opportunités des hasards (elle a refusé de reprendre au théâtre « Mademoiselle Julie » après Adjani), elle laisse peut-être passer des chances. Sans regret.

Pour pénétrer dans l'univers de Sautet et uniquement pour cela, elle a accepté un rôle sans grande possibilité d'expression dans GARÇON. Par contre, toutes ses qualités de comédienne peuvent s'exprimer dans LES MOTS POUR LE DIRE et aujourd'hui dans la perspective des années 90 ses propres qualités de réalisatrice avec UN WEEK-END SUR DEUX ce qui n'est pas tout à fait le fruit du hasard. Un beau parcours.

JEAN-CLAUDE BRIALY (1990)

Très « up to date » quelles que soient les circonstances. L'accompagnant un soir dans un night-club, j'ai vu deux admiratrices légèrement éméchées tenter de l'embrasser avec un peu trop d'empressement. Il a résisté aux assauts sans proférer un son. Au cinéma, il devient un second rôle de qualité, donnant de par son talent, plus d'épaisseur aux têtes d'affiche. Dans la vie, sa délicatesse de cœur se traduit par de multiples attentions vis-à-vis de ceux que le public a oubliés.

SOIREE DES CESARS

AMBIANCE

J'aime ces gentilles soirées familiales. Ils sont tous là, les nommés, les célèbres, plus ceux qu'on n'attendait plus, venus en dernière minute, pour ne pas être tout à fait oubliés. Certains tournent film sur film, d'autres n'ont plus entendu leur téléphone sonner depuis quelque temps. Pour ces derniers, être présents ce soir, c'est se rappeler aux bons souvenirs des autres et surtout, pour eux-mêmes, se sentir exister.

Selon leur célébrité du moment, ils mettent plus ou moins de temps à gagner leur place. La pire des humiliations est de filer tout droit vers son fauteuil sans qu'une interpellation amie ne stoppe pour quelques minutes votre trajectoire. Ici, dans cette salle du Théâtre des Champs-Elysées à Paris, les Césars de l'instant, ce sont les autres qui, pouce levé ou pouce baissé, vous condamnent ou vous ressuscitent. Car ici la mort s'appelle l'anonymat.

J'aime les voir tous en relâche pour quelques minutes, tandis que les caméras ne braquent pas encore sur eux leur oeil rouge sanguinaire qui les fouille jusqu'au fond de l'âme. Même éteintes, ils repèrent les caméras, jaugeant leur situation par rapport à leur emplacement. Je n'ai pas besoin du son pour entendre leurs commentaires intérieurs « Merde, elles vont prendre mon mauvais profil ! », et je n'ai pas besoin de dessin pour savoir qui s'aime et qui se hait. En fait, c'est simple, car cette grande réunion est copie conforme d'une réunion de grande famille.

Ce soir, les couteaux sont au vestiaire et le vitriol verbal au fond des gorges. « Ce soir les enfants on s'aime car le linge sale peut bien attendre la grande lessive du lendemain ». Famille oui, avec les doués, les traîne-savates, les originaux, les papas gâteau, les tontons subversifs et les mamies qui, en un coup d'oeil, vous déterminent l'origine d'une robe. Il y a les élégantes qui savent s'habiller hors de leurs habilleuses, les bien coiffées qui ont passé l'après-midi chez Carita ou Alexandre, il y a celles qui ont le look « laisser-aller » et celles qui, en retard de lecture, ont copié leur plumage dans « Modes et Travaux ». Il y a même par-ci par-là des modèles rescapés de « La Semaine de Suzette ».

J'aime !

Les hommes sont plus relax mais pas moins exhibitionnistes.

Différence : ils ont un « m'as-tu-vu » tranquille que ne trouble qu'un hochement de tête, un froncement de sourcil ou un signe de main adressé en guise de salut à une huile qui passe. Voici justement un grand patron qui arrive, auréolé de la puissance de sa compagnie et respecté ou haï pour la cruauté de ses traits. Il mettra 10 minutes pour gagner son siège, saluant ses féaux, condescendant à apercevoir ses vassaux et mettant ses adversaires dans l'obligation de remarquer son passage. C'est du grand art !

Le brouhaha qui s'est un instant modulé, repart en bruits et chuchotements divers, distillant des commentaires acidulés. Car dans cette famille, on assassine en demi-teinte et avec anesthésie : « Son film se ramasse. Tu vas voir, dans deux semaines, il dira qu'il fait un tabac en Amérique... »

Les réalisateurs restent de glace, stratifiés dans le maintien inhérent à leur position dans la hiérarchie. Vaguement dédaigneux, vaguement hautains, ils regardent cette foire à laquelle ils participent, payant ainsi leur tribut à cette télévision qui les méprise en général, mais devant laquelle il faut bien passer puisque les autres y passent.

J'aime !

Soirée de famille. On va enterrer ses morts, en déposant de grandes gerbes d'applaudissements sans épines, puisqu'ils ne gênent plus personne. On va décerner quelques baumes honorifiques sur les blessures de ceux que l'on ne fait plus travailler. Bref, on dresse le bilan, et on se calfeutre derrière des gloires inamovibles qui passent par là en touriste mais qui ont le grand mérite de rassurer puisque personne ne les a encore oubliés.

J'aime !

Oui, j'aime cette insolence et cette fragilité, cet égocentrisme et cette spontanéité, cette naïveté et cette préméditation, cette solennité et cette dérision, cette solitude dans les flonflons et surtout cette inquiétude permanente de rentrer dans le rang. J'aime cette famille de saltimbanques aux insolences acérées, au mépris du conventionnel, cette famille qui se regarde en chiens de faïence mais ne peut vivre coupée du clan et qui a toujours l'impression d'être en hibernation quand on parle d'autre chose que de cinéma. Flambeurs invétérés et jetant sur le tapis vert de la réussite ou de l'échec non seulement leur argent mais souvent un tribut plus important : leur vie.

Et quand plus personne ne les regarde, quand les caméras ne s'allument plus sur leur passage, ils savent encore se tenir droits et se cacher pour vivre enfin seuls avec eux-mêmes.

Sans doute leur rôle le plus difficile et peut-être le plus beau. Celui que le public ne verra jamais.

TABLE DES MATIÈRES

PRÉFACE 7

BIOGRAPHIE 9

DEUX OU TROIS CHOSES... 11

RENCONTRES – LES ACTRICES

Isabelle Adjani 15
Sophie Marceau 20
Sandrine Bonnaire 23
Valérie Kaprisky 26
Isabelle Huppert 28
Marthe Keller 31
Jeanne Moreau 34
Simone Signoret 36
Romy Schneider 39
Charlotte Rampling 42
Liza Minnelli 45
Faye Dunaway 48
Meryl Streep 51
Marilyn 54

RENCONTRES – LES ACTEURS

Alain Delon 59
Richard Bohringer 64
Jean-Paul Belmondo 67
Michel Serrault 71
Gérard Depardieu. 73
Robert Hossein. 75
Yves Montand 78
Olivier Martinez. 80
Charlton Heston 83
Marcello Mastroianni. 85

RENCONTRES – LES CINÉASTES

Claude Goretta. 91
Daniel Schmid. 93
Jean-Luc Godard 95
Claude Chabrol 97
François Truffaut 99
Claude Sautet. 102
Henri Verneuil 105
Michel Audiard 108
Luc Besson. 110
Sergio Leone 113
Peter Weir. 117
Roman Polanski 119
Charlie Chaplin 121
Le roi Akira Kurosawa 123
Lakhdar Hamina (lettre ouverte) 126

CANNES MAI 1991 129

L'Année de toutes les flambées 131
Francis Ford Coppola. 131
Jean-Claude Carrière 132
Orson Welles 132
John Huston 134
Francis Reusser 135
Marcello Mastroianni. 136
Jean Carmet 137
Jack Lang 137
Hanna Schygulla 138
Nicole Garcia 138
Jean-Claude Brialy. 139

SOIREE DES CESARS. AMBIANCE. 141

*Achevé d'imprimer en 1999
sur les presses de l'Imprimerie Slatkine
à Genève-Suisse.*